edition nove

Ulrike Heimgartner

LIEBE und **ZITRONENTEE**

ein *pädagogisches* Praxisbuch für Gesundheit und Erziehung

>**KRANKHEITEN natürlich behandeln**

>**PSYCHOHYGIENE** und **GEDANKENKONTROLLE**

>den **SEELENHUNGER** stillen

aus ganzheitlicher Sichtweise

edition nove

L I E B E und Z I T R O N E N T E E

Ein *pädagogisches* Praxisbuch für Gesundheit und Erziehung

aus ganzheitlicher Sichtweise

> > Die Informationen in diesem Buch können ärztlichen Rat nicht ersetzen. Bitte wende dich bei ernsthaften gesundheitlichen Beschwerden in jedem Fall an eine(n) Ärzt(tin). Eine Haftung der Autorin (und des Verlages) für etwaige Schäden, die aus Unterlassung oder aus Gebrauch oder Missbrauch von den erwähnten Hilfsmitteln entstehen, ist ausgeschlossen.

Printed in European Union
ISBN 3-902518-081

Gedruckt auf umweltfreundlichem, chlor- und säurefrei gebleichtem Papier.

www.editionnove.de

VORWORT

Krankheitsvorbeugung und Selbstbehandlung mit natürlichen Heilmitteln ist vielen von uns heute schon selbstverständlich. Kreuz und quer - über viele verschiedene Kinderkrankheiten, bekommst du hier in diesem Buch praxisbezogene Informationen über angewandte, alternative Hilfen. Als gedanklicher Hintergrund dient die Einstellung, dass Bakterien und Viren zwar eine Krankheit auslösen können, jedoch nur derjenige daran erkrankt, der von seiner Gesamtentwicklung her dafür auch „bereit" ist.
Es sagt zwar keiner: „Hurra, jetzt bin ich krank - bereit für eine weitere positive Entwicklungszeit !"
Aber so verwunderlich es sein mag, je intensiver die Krankengeschichte, desto tiefer können die Erkenntnisse für das weitere Leben daraus gewonnen werden. Es steckt in jeder fordernden Zeit auch ein Schatz verborgen, den es zu finden sich lohnt.
Krankheit kann auch auftreten, wenn das innere Gleichgewicht gestört ist - um aus dieser Lage wieder zur Stabilität zurückkehren zu können, braucht man manchmal eine Krankheit.
Krankheit wird so indirekt zum Helfer: Das Gleichgewicht wird wieder hergestellt.

Nicht das *Unterdrücken* und *Verhindern* des notwendigen, sinnvollen *Entwicklungsschrittes (oder eines Signals)* sollte unser Ziel sein, sondern viel mehr ein achtsames und verständnisvolles Beglei-

ten während einer Ausnahmesituation des sich - offensichtlich - *in seiner Entwicklung verändernden* Menschen.
Als ausgebildete Kindergartenpädagogin und Mutter von 4 Kindern, vermittle ich in diesem Buch aus pädagogischer Sicht, wie notwendig vor allem ein achtsamer, freudvoller Lebensstil zur täglichen *Gesundheitsvorsorge* ist.

>> Denn: Körper - Geist und Seele sind eine untrennbare Einheit!

>> Die ganzheitliche Betrachtungsweise von Krankheit und Gesundheit verlangt eine angemessene Therapie.

>> Dieses Buch ist besonders für diejenigen Menschen lesenswert, die über ihr eigenes Verhalten reflektieren und bereit sind, veralterte Verhaltenmuster bei Bedarf gegen neue, sinnvollere auszutauschen.
Stehst du, werter Leser, kritisch und offen vor allem deinen eigenen Handlungsweisen gegenüber?
Denn: Reflektion im Alltag, Disziplin, Achtsamkeit mit sich selbst und anderen, Gedankenkontrolle, Grenzen setzen, - vieles, was uns im „locker- lässigen" Umgang mit unseren Kindern und anderen Menschen dort und da ein bisschen entglitten ist - sind unumgehbare Themen im ganzheitlichen Gesundheitskonzept.

Einleitung:

Leichte, alltägliche Krankheiten kann man wunderbar mit alternativen Heilmitteln begleiten. Körper, Geist und Seele müssen gleichermaßen in Einklang sein, damit wir Menschenkinder Infekte abwehren können.

Nicht immer sind ausschließlich seelische Faktoren dafür verantwortlich, dass ein Mensch erkrankt. Dass ein Mensch rascher gesund wird, wenn er seelisch im Gleichgewicht ist, ist auf jeden Fall eine Tatsache. Negative Gefühle, andauernde unglückliche Gemütszustände, schwächen den Körper permanent. Eine Vielzahl krankmachender Beziehungsprobleme ist leider allgegenwärtig und somit gelangen den Ärzten tagtäglich unterschiedlich schwer zu lösende Krankheitsbilder in die Hände.
Im Normalfall fragt ein Arzt nicht nach dem seelischen Wohlbefinden und was da zu heilen wäre, - man kommt ja auch mit Kopfschmerzen oder Magenproblemen in die Ordination und denkt vielleicht selbst noch gar nicht an die wahren komplexen Zusammenhänge.

Wenn dein seelisches Befinden heil ist, - wenn du bestrebt bist, deine positive Seite zu leben, dann bist du vielleicht hin und wieder ein bisschen übermütig und verursachst somit auf rein körperlicher Ebene ein Leiden?!
Ein Beispiel: wenn ich als ungeübter Sportler aus reinem Übermut mit einer Gruppe trainierter Sportsleute einen ziemlich hohen Berg besteige, wird mich womöglich (nur) ein gewaltiger Muskel-

kater an meine Unvernunft erinnern, wenn ich mich zu dieser Zeit geistig-seelisch im Gleichgewicht befinde.
Befinde ich mich aber seelisch im Tief, wird mir dieses Bergerlebnis vielleicht nicht nur durch heftigen Muskelkater in Erinnerung bleiben. Ich laboriere womöglich wochenlang an einer Entzündung am Fuß herum - solange eigentlich, bis die ZEIT (meist unbewusst ablaufend) (auch unbewusste) Wunden geheilt hat, oder ich die Entzündung „hinterfrage" - und somit den Prozess des *ganzheitlichen* Gesundwerdens bewusst und aktiv eingeleitet habe.

Dem Körper bislang unbekannte Parasiten (Würmer oder Salmonellenerreger) können einen plötzlich auftretenden, immens hohen Infektionsdruck verursachen und auch ein sonst starkes Immunsystem ins Wackeln bringen.
Vergiftungen, seelische Schocks, oder - wie erwähnt- große körperliche Überanstrengung schwächen den Körper enorm.
Ob - und in welchem Grad man für Infekte anfällig ist, hängt vom aktuellen Zustand unseres Immunsystems ab. Ein gewisses Maß seiner ureigenen Konstitution hat man vererbt bekommen, vieles kann man sich im Laufe seines Lebens durch einen gesunden, freudvollen Lebensstil „erarbeiten".

Ist man krank, darf man sich also ruhig die Frage stellen: „Was hat mich dermaßen aus der Balance gebracht? Wo bin ich emotional überfordert?"

Die psychische Einstellung eines Kindes und seiner nahen Angehörigen- in dessen Einflussbereich das Kind lebt, spielt eine sehr wichtige Rolle bei der Gesundheitsvorsorge- und pflege. Man soll wachsam sein und sein Umfeld genau betrachten und nach Modellen schauen. Welche Lebensform haben wir selbst? Sind wir grundsätzlich positiv ausgerichtet, oder neigen wir rasch zu negativen und aggressiven Gedanken? Wie gehe ich selbst (er/sie) beispielsweise mit Krankheit um?

Der Alltag, das alltägliche Tun - mehr oder weniger ohne große Freude - nur zweckerfüllt, zermürbt mit seinen Anforderungen. Langsam und unbemerkt entgleitet uns somit kontinuierlich unsere Lebensfreude und irgendwann, spätestens dann, wenn der Leidensdruck körperlich oder seelisch deutlich spürbar geworden ist, stellen wir uns die Frage nach dem SINN unseres Tuns - unseres Lebens.

****

Tagesmotivation:

Ich lege bewusst Achtsamkeit in mein Tun, fördere aufmerksam mein „SEIN" im HIER und JETZT, lasse mich von meinem Kopf und überschäumenden, negativen Gefühlen und Emotionen nicht mehr dirigieren, und lege wieder mehr Herz in die kleinen Dinge des Lebens. Das macht viel Freude und SINN.

****

Glaube versetzt Berge

Ich möchte dich durch dieses Buch gerne anregen, vermehrt gesunde, liebevolle Taten zu setzen und sie zusätzlich immer wieder mit gesunden, liebevollen Gedanken zu verstärken. Diese Lebensart stärkt unser Immunsystem und macht zusätzlich Spaß! Viele Menschen denken zu negativ, was in unserem Inneren geschieht, manifestiert sich aber irgendwann auch im Außen. So tragen wir bewusst oder unbewusst viel Verantwortung für das Wehklagen der ganzen Welt.

Wir alle kennen diesen Ausspruch: „Glaube versetzt Berge!"
Das heißt nichts anderes: Wenn wir glauben - wenn wir unsere Gedanken bewusst für etwas einsetzen, dann können wir damit bislang Unvorstellbares erreichen.
Fragen wir uns auch hin und wieder, woran wir (für uns ungünstig) glauben!
Zum Beispiel: Warum glaube ich, dass ich gewisse Konflikte nicht lösen
werde können? Muss das wirklich so sein? Woher kommt diese Überzeugung? Ginge es mir vielleicht besser, wenn ich meine Überzeugung, meinen Glauben in dieser Hinsicht gezielt ändern würde? Was wären die Konsequenzen und wie fühlt sich eine Veränderung meiner Einstellung diesbezüglich an?

Machen wir uns klar, dass unsere Gedanken äußerst kraftvoll, voller Energie sind! Mit diesem

Wissen können wir unsere Gesundheit, unser Wohlbefinden, auf allen Seinsebenen sehr positiv beeinflussen. Die Macht unserer Gedanken ist grenzenlos, nutzen wir diese Macht ausschließlich für Gutes, Schönes und Heilbringendes in unser aller Leben.

****

Unser Bedürfnis, unserem Kind, unserem Partner, beim Erlangen seines verlorengegangenen Gleichgewichtes zu helfen, ist sehr groß.
Durch unsere hingebungsvolle Pflege und durch viele positive Gedanken werden wir nicht alle Krankheiten auflösen können, aber es wird uns ein aktiver und überaus erfolgreicher Weg gezeigt, wie wir s i n n v o l l
helfen können.

Es ist ein erfreulicher Trend erkennbar. Das Interesse an Produkten und Heilmitteln mit „natürlichem Inhalt" wächst.
Starke Medikamente werden meiner Meinung nach zu leichtfertig verschrieben. Eitrige Infektionen werden vorschnell mit antibiotischen Mitteln behandelt, das muss aber nicht immer unbedingt sein. In diesem Buch findest du hilfreiche Mittel aus meiner eigenen Familienpraxis, wie du dein Kind, deinen Partner bei seiner nächsten Krankheit mit alternativen Methoden zu seiner verlorengegangenen Gesundheit führen kannst.

Das Geschriebene möge dir vor allem Freude, Hoffnung und Zuversicht vermitteln! Freude am respektvollen Umgang mit deinen Lieben. In diesem Buch geht es vorwiegend um Kinder, denn ihr Wohl liegt mir ganz besonders am Herzen. Kranke Kinder zu haben bedeutet für Mütter manchmal Stress. Ich gebe dir Anregungen, wie du in Zukunft gelassener bleiben kannst, welche Unterstützung im Bereich der Naturheilkunde erfolgreich angewendet werden kann und ich möchte dir vor allem Mut machen, in den wunderbaren Prozess des Lebens mit seinen verschiedenen Phasen wieder mehr zu vertrauen! Deine Zuversicht, dass du seelische Höhen- und Tiefphasen, aber auch Krankheiten in deinem Leben - als eine sehr persönliche Entwicklungsmöglichkeit betrachten kannst und sie immer wieder mutig in deinen Erfahrungsschatz - als letzten Endes positives und notwendiges Erlebnis - integrierst, möge durch dieses Buch gefördert werden.

Aus der Praxis

Viele praktische Beispiele aus dem reichen Erfahrungsschatz als Mutter und Kindergartenpädagogin im Bereich Gesundheit und Erziehung aus über 20 Jahren ,werden dir in deinem Alltag, bei den großen und kleinen „Sorgen" dienlich sein.
Ich rate niemandem bei einer ernsthaften Erkrankung auf ärztliche Hilfe zu verzichten. Ich darf aber erwähnen, dass ich es persönlich für erforderlich halte, dass wir vermehrt die gute alte Naturheilkunde anwenden, an Großmutters Tipps bei vielen „Wehwehchen" denken, und uns die hilfreichen Mittel unserer heutigen Zeit zum Verbündeten machen. Bachblütenessenzen, Schüssler Salze und andere homöopathische Arzneimittel sind sehr wichtige Gaben bei Störungen sowohl von

Körper, als auch von Geist und Seele. Wir sollten wissen, dass es notwendig ist, immer alle Bewusstseinsbereiche zu pflegen, und mit Hilfe der Naturheilkunde behandelst du nicht nur das Symptom allein. Hast du dein Kind mit Naturheilmitteln durch seine Krankheit begleitet, so wird es gestärkt daraus hervor gehen.
Wie oft höre ich von verzweifelten Müttern, deren Kinder von einem in den anderen Infekt fallen und kein verschriebenes Medikament wirklich geholfen hat. In der klassischen Schulmedizin ist das Ziel sehr oft, mit starken Mitteln, ohne Rücksicht auf Verluste, in kürzester Zeit Heilerfolge zu erzielen. Nebenwirkungen dieser Behandlungsart durch die intensive Medikation werden entweder ignoriert, nicht ernst genug genommen, oder aus Unwissenheit über alternative Behandlungsmethoden akzeptiert. Kinderkörper, die bei jeder noch so harmlosen, alltäglichen Krankheit mit starken chemischen Medikamenten behandelt werden, erlebe ich oftmals als matt und geschunden, manches mal auch wie gedopt!
(HNO) Infekte, die durch Antibiotikabehandlungen in kürzester Zeit abklingen, neigen dazu, sich im betroffenen Körper rasch wieder zu etablieren.

Für viele Menschenkörper ergibt sich die Genesung durch Arzneibomben zu rasch, augen„schein" -lich ist der Körper schon wieder gesund und normal belastbar, aber ganzheitlich betrachtet, war der Vorgang durch diese Behandlungsart sehr belastend, und die natürliche Genesungsdauer, die der gesamte Körper auf allen Seinsebenen eigentlich naturgemäß dringend gebraucht hätte, um wirklich h e i l zu werden, wurde dabei völlig missachtet. Das kann Folgen nach sich ziehen.

MAN BEDENKE:

Unser Körper braucht ZEIT um zu regenerieren!

Unsere Seele braucht ZEIT um zu verwandeln,

Unser Geist braucht ZEIT um ein positives Ergebnis kreieren zu können.

ZEIT ! Viel ZEIT !

Lass deinem Kind, deinem Partner und dir selbst für die Entwicklung und auch Überwindung seiner Krankheit die dafür notwendige Zeit!

Ein Umdenken möge auch in diesem Bereich stattfinden.
Wenn ein Kind, ein Mensch, krank ist, dann benötigt es/er eine unbestimmte Zeit, um wieder ins Gleichgewicht zu kommen, um wieder gesund zu werden. Wir sollten den Mut haben, unseren Kindern, aber auch uns persönlich die Zeit zum Gesundwerden zu ermöglichen, das sollte wieder zu einer ganz klaren Selbstverständlichkeit werden!
Im Falle einer Krankheit von einem meiner schulpflichtigen Kinder habe ich anfangs immer die Lehrer über die Tatsache informiert, dass ich meine Kinder ausschließlich homöopathisch behandle. Ich habe erklärt, dass uns diese Form der Behandlung sehr sinnvoll erscheint, mein Kind dadurch vielleicht ein bisschen länger fehlen wird.

Waren meine Kinder erst einmal wieder richtig auskuriert, konnte ihnen so schnell kein „Wirbelsturm" mehr etwas anhaben.
Ich bin während all der letzten Schuljahre immer nur auf offene Ohren bei „unseren" Lehrern gestoßen, das vielgefürchtete Nachlernen war auch nie ein Problem.

HEILUNG bedeutet nicht nur einen schmerzfreien Körper zu haben, sondern es bedeutet einen SEINSZUSTAND, in dem der ganze Mensch im Einklang, in Harmonie, ist.
Es ist bekannt, dass in unserer heutigen Zeit psychosomatische Erkrankungen stetig zunehmen. Solange wir akzeptieren, dass unser Körper getrennt von Seele und Geist zum Gesunden gebracht wird, solange wird sich dieses Faktum auch nicht ändern, und wir werden auch immer nur Teilerfolge zu verzeichnen haben.

HEILUNG, ganzheitlich betrachtet, ist immer ein aktiver Selbstheilungsprozess, der vom ehrlichen, tiefen Bedürfnis h e i l zu werden entstanden sein muss und dann - wenn es gewünscht oder von großer Hilfe ist - von einem Mediziner des Vertrauens mit geeigneten Maßnahmen unterstützt werden kann. Ohne den erforderlichen unbewussten oder bewussten Drang des betroffenen Patienten, geheilt zu werden, kann keine Heilung auf Dauer möglich sein.
Die geeignete Seelenqualität des Patienten in dieser Situation ist die Demut.

Liebevolle Berührungen

Ich habe die Erfahrung gemacht, dass liebevolle Berührungen direkte Wirkung auf unsere Seele haben. Eine Massage ist eine Wohltat, nicht nur für unseren müden Körper. Als ich die Ausbildung zur Fußreflexzonenmasseurin am BFI in Graz absolvierte, mussten anfangs die Füße aller Familienmitglieder zum Üben herhalten. Aus dem anfänglichen bloßen Hinhalten, wurde sehr rasch ein Bitten zum Massieren. Jede/r empfand die Fußreflexzonenmassage als Genuss und ich bekam zu meiner ganzen Freude über mein Tun schon auch manchmal den Gedanken, dass es wirklich schön sein müsste, wenn doch ein anderes Familienmitglied auf diese glorreiche Idee dieser Ausbildungsart gestoßen wäre - rein nur zum Wohle für Alle, denn dann hätte auch ich hin und wieder davon profitieren können.
Inzwischen gibt es keinen Schnupfen, Husten, kein Fieber oder sonst eine Unpässlichkeit, bei der nicht die Füße und - oder Hände ausgiebig massiert werden.

Ich kann mich gut an einen kalten Winter erinnern, da lag ich im Bett, ziemlich matt, die Nase und Stirn total „zu". Zuerst dachte ich mir: ach, wie schön wäre es jetzt, wenn mir jemand eine Fußreflexzonenmassage machen könnte. Aber leider hat sich für dieses Gebiet ja wie erwähnt noch niemand wirklich so ernsthaft interessiert und Selbsthilfe am Fuß funktioniert in einem kränklichen Zustand auch nicht so gut.

So nahm ich ruhig meine eigene H A N D in die Hand und begann, daran meine Lymphbahnen beherzt auszustreichen.
Obwohl ich schon mehrere Jahre hindurch mit dieser Massageform andere Menschen erfolgreich behandelt habe, empfand ich es wieder einmal als wahres Wunder, wie schnell so eine unkomplizierte Selbsthilfemethode fruchtet. Aber was man am eigenen Körper erfährt, überzeugt manchmal blitzartig. Meine Nase und die Stirn waren wieder frei, ich konnte wieder gut atmen, mein Gemüt war hell erfreut. Ein guter Ausgangspunkt um rasch gesund zu werden.
Ich habe die Ausbildung zur Fußreflexzonenmasseurin nur aus privaten Überlegungen absolviert. Ich wollte meine Hände zu noch weiteren, sinnvollen Handlungen einsetzen, als es mir bis dahin möglich gewesen war. Sehr intensiv spürte ich, dass Hände nicht nur zur Ausführung von unseren täglichen Arbeiten notwendig sind, sie sind für mich ein hochsensibles Organ zum vielseitigen Erspüren, Erleben, Erfahren, Erkennen,....
Hände faszinieren mich zunehmend, und ich möchte auch gerne bei dir das Interesse an Händen und den damit verbundenen Berührungsmöglichkeiten erwecken.

> Besondere Bücher zu diesem Thema findest du unter Buchempfehlungen.

In den unterschiedlichen Kapiteln wirst du immer wieder eine besondere **TAGESMOTIVATION** zum aktuellen Thema entdecken. Wenn du diejenige davon, die dich besonders anspricht, auswählst -

und sie kontinuierlich in dein Gedächtnis rufst und praktizierst, dann tust du dir und deinen Lieben viel Gutes damit.
Du wirst erleben, dass dein Alltag dadurch eine neue, positive Ausrichtung bekommt - ein beglückender, segensreicher Zustand.
Viel Freude am Lesen und am Umsetzen in deiner kleinen oder großen Familienpraxis wünsche ich dir von ganzem Herzen.

Die persönliche Anrede mit „du" in meinem Buch habe ich absichtlich so gewählt. Ich möchte damit meine Verbundenheit und Nähe mit jedem interessierten Menschen, der offen dafür ist - in seinem Leben künftig mehr an wohltuenden, heilbringenden Handlungen zu integrieren - ausdrücken.

Zur AUTORIN:

Ulrike Heimgartner, Jahrgang 62,
verheiratet, Kindergartenpädagogin,
Mutter von 4 Kindern, praktizierende
Buddhistin; Teilnahme an zahlreichen
Seminaren im Themenbereich
Selbsterfahrung, Meditation, Gesundheit
und Krisenmanagement, wie z. Bsp.:
„Cutting", bei Phyllis Crystal, USA,
Ausbildung als Fußreflexzonenmasseurin
nach Hanne Marquardt, im BFI, Graz,
Reikiausbildung bei Norman Rosenberg, USA.

Warum heißt das Buch: Liebe und Zitronentee?

Die Liebe, sie ist wie ein Zauber! Wahre, bedingungslose Liebe vermag alle Wunden zu heilen, ohne sie wären wir ein lebloser Körper, verfallend, sterbend.
Die Liebe gilt es zu stärken, die Liebe zu uns selbst und zu unseren Mitmenschen. Bedingungslose Liebe nimmt Schwächen verständnisvoll an, verurteilt nicht, duldet und versteht! Liebe ist die Quelle der Kraft und das größte Heilmittel auf Erden!

...........aber, da wir noch alle auf dem Weg sind, - suchend nach Glück und Liebe im Außen, brauchen wir ab und zu gute, praktische Hilfsmittel, um uns wieder aufzurichten, wenn wir geschwächt sind, durch die vielen kleinen und großen Holpersteine auf unserem Lebensweg.

„Zitronentee" steht für diese Art guter, praktischer Hilfsmittel, die uns während einer Krankheit helfen, unseren Körper auf allen SEINSEBENEN zu stärken. Eine Tasse heißer Zitronentee und beim genussvollen Trinken zurücklehnen - und die Seele ins Gleichgewicht bringen, das wäre schon eine zielführende Anwendung - geradewegs in Richtung ganzheitliche Gesundheit!
„Zitronentee" assoziierst du vielleicht auch mit : sauer, unangenehm, schwierig- ein Gleichnis zum Leben.
Aus den schwierigen, „sauren" Erlebnissen lernt man besonders intensiv- und

geht gestärkt daraus hervor, wenn man die Schwierigkeiten als Entwicklungschance betrachtet, sie annimmt und grundsätzlich positiv wertet.

INHALTSVERZEICHNIS:

Kapitel 2 - Unsere Sprache

Kapitel 5 - Leichte, alltägliche Kinderkrankheiten natürlich behandeln

KAPITEL 1:

Schlaf

Medizinisch gesehen ist Schlaf eine lebenswichtige Phase während der sich Körper, Geist und Seele regenerieren. Unser gesamtes Nervensystem erholt sich in dieser Zeit, obwohl unser Gehirn in intensiven Traumphasen äußerst aktiv bleibt.
Jeder von uns hat eine innere Uhr nach seinem ganz persönlichen, individuellen Rhythmus, die das Schlaf- Wachbedürfnis steuert. Wird das eine Kind schon früh abends müde, gestaltet sich das abendliche Zubettgehen eventuell schwierig, wenn das Geschwisterchen ein kleiner Nachtvogel ist. Jede Familie wird ihre individuelle Lösung finden. Ideal für alle, ob Groß oder Klein ist, wenn gerade der Abend ganz harmonisch ausklingt.

Wie kann ich den Schlaf meines Kindes positiv beeinflussen?

Eine Vielzahl von Gründen kann ausschlaggebend dafür sein, warum unser Kleines am Abend noch nicht schlafen will. Wenn wir auch die innere Uhr eines kleinen Nachtvogels nicht verändern können, so haben wir doch trotzdem Einfluss auf die generelle Einstellung unseres Kindes zum Schlaf. Wir können unserem Kind unser aufrichtiges Verständnis dafür, dass es noch aufbleiben will (für seine Bedürfnisse) entgegenbringen, in dem wir es bestärken mit den Worten: „ich kann gut verstehen, dass du jetzt noch gerne weiterspielen möchtest", oder anders: „ich unterbreche dich

nicht gerne bei deinem Spiel, aber es ist schon Schlafenszeit".
Wir Erwachsene können unseren Kindern wirklich wunderbar vermitteln, wie herrlich angenehm es ist, ins Bett zu gehen, wenn wir es den Kindern einfach vorleben.
Also bei mir war das zum Beispiel ganz leicht, weil ich eine ziemliche Schlafmütze bin und meine Kinder von mir regelmäßig hörten, wie herrlich ich mich in meinem Bett fühle und wie kuschelig, (auch im jeweiligen Bett meiner Kinder) und wie schön entspannend es ist, noch ein bisschen zu reden, zu streicheln, die Ruhe zu genießen, (und was man da auf einmal für Geräusche hört wenn es so still ist , Vogelzwitschern, Holz knarren, Stimmen aus der Ferne, vielleicht ein Bäuchlein glucksen,...)
Wenn Kinder mitbekommen, dass sie schnell ins Bett sollen, weil Papa und Mama sich so freuen, wenn sie dann endlich in Ruhe machen können, was sie an Freizeitbeschäftigungen so gerne tun, dann will das Kind - natürlich! aufbleiben, - es will ja schließlich dabei sein, beim Genießen am Abend und ja nichts versäumen! Da sollte man ruhig in seiner diplomatischen Schatzkiste wühlen und dem Kind zu verstehen geben, dass sich auch für die Eltern das Schlafengehen nähert und sie sich selbst auch darauf! sehr freuen.

Schlafdauer und Schlafqualität

Die Schlafdauer sollte reichlich sein, aber nicht nur sie ist für unsere nächtliche Erholung ausschlaggebend, sondern vor allem die Schlafqualität. Was kann unsere Schlafqualität nun positiv beeinflussen? Wir unterschätzen manchmal in hohem Maß die großen Reize und starken Eindrücke während des Tages. A L L E diese Eindrücke werden in der Schlafphase bearbeitet und nach Stärke der emotionalen, geistigen und körperlichen Herausforderung auch bewältigt.
Aufgeladen von den Erlebnissen des Tages ist spätestens am selben Abend die Zeit vor dem Einschlafen nochmals die Möglichkeit - ich sage die Notwendigkeit - Aufregendes und Belastendes zu erzählen. Das können Kinder nicht auf Morgen verschieben!
Fazit: am Abend brauchst du noch mal Zeit und richtig viel Geduld. Wenn du dieses abendliche Ritual wirklich mit Liebe und Freude lebst, dann wird es nicht nur das Wohlbefinden und den Schlaf deines Kindes fördern, sondern auch für deine eigene innere Ruhe und Zufriedenheit einen wertvollen Beitrag leisten. Ein Abendritual muss nicht immer von derselben Bezugsperson abgehalten werden, ältere Geschwister, Großeltern oder der Partner sind eine sinnvolle Abwechslung und Bereicherung.

****

Tagesmotivation:

Ich achte darauf, welche Eindrücke während des Tages auf mich und mein Kind einwirken und mache mir Gedanken, ob diese Erlebnisse für die positive Entwicklung meines Kindes und natürlich auch für mich förderlich sind.

Viele einschneidende Erlebnisse sind nicht planbar oder vermeidbar, aber unsere individuelle Reaktion darauf, wäre auf jeden Fall interessant, wieder einmal genauer unter die Lupe zu nehmen. So kann ich mir die Frage stellen: Mit welchen Emotionen reagiere ich im Normalfall wie stark und welche Auswirkungen hat diese Form meiner Äußerung auf mich und andere? Will ich das genauso beibehalten? Ist meine Reaktion gesund?

****

In der sogenannten Entdeckerphase bei den 3 bis 5jährigen Kindern, sind vorübergehende Ein - und/oder Durchschlafstörungen nichts Ungewöhnliches oder Bedenkliches. Gelegentliche Auffälligkeiten müssen noch kein Grund zur Sorge sein.

In einigen Bereichen haben wir einen sehr großen Einfluss auf die Schlafqualität unseres Kindes. Das Bettchen darf so kuschelig sein wie es sich das Kind vorstellt und wünscht. Vielleicht mit vielen großen und kleinen Polstern, Kuscheltieren, Betthimmel, romantisch dekoriertem Gelsennetz, usw. Die Bettwäsche und der Pyjama sollten lieber nicht in zu knallig bunten Farben gehalten sein. Romantische und dezente Motive in warmen Pas-

telltönen fördern auch bei lebhaften Jungen den süßen Schlaf. Dunkle Farben mit „ krassen „ Motiven fördern auf subtile Art und Weise auch ein „ krasses „ Verhalten.
Am Abend darf sich jedes Kind noch einmal richtig wohlfühlen. Von ganzem Herzen geliebt, beschützt, geborgen, respektiert und umhegt und umpflegt.
Die Botschaft vor dem Einschlafen ist: du bist beschützt und geliebt!

Die <u>Gute</u> Nacht - Geschichte

Alle Gute Nacht - Geschichten sollten beruhigend auf das Kind wirken, keine zu aufwühlenden Abenteuer beinhalten. (die passen besser untertags!) Es gibt wunderschöne Geschichten zum Vorlesen, aber vielleicht fällt dir ja auch selbst die Eine oder Andere ein und du weckst deine kreative Ader in diesem Bereich. Wenn du ein Buch für dein Kind kaufen möchtest ist es sehr empfehlenswert, es vor dem Kauf gut durchzulesen und es nicht allein des verheißungsvollen Titels oder der schönen Bilder wegen zu nehmen. Sehr oft entpuppt sich ein Kinderbuch mit ansprechendem Äußeren als unzumutbares Stück Papier. Auch ein mir empfohlenes Buch würde ich nicht unbedingt ungeprüft vorlesen, denn jeder von uns hat einen anderen Geschmack und braucht eine andere geistige Nahrung.
Manche von den Kleinkindbüchern sind wirklich erschreckend in Wort und Bild. Gezielt und überlegt ausgewählte Bücher regen die Phantasie an, vermitteln anstrebenswerte Werte, lassen Freude und Glücksgefühle entstehen, geben Zufriedenheit

und machen Lust auf weitere positive Lesefreuden.
Viele Kleinkindvideos und Kassetten sind nicht wirklich für sensible Kinderaugen und - Ohren bestimmt. Am besten ist wenn du achtsam bist und dabei immer an die sensible, verstörbare Kleinkindseele denkst und nach dem Motto auswählst: eher weniger zumuten, das macht unglaublich stark!
Nachrichten in Bild und Ton sollten für Kinder bis weit über das Schulalter hinaus tabu sein. Ja, das wäre tatsächlich für die gesunde Entwicklung eines Kindes das Allerbeste!!!
Wir Erwachsene sollten gut über unser Verhalten reflektieren, was unseren Mitteilungsdrang betrifft. Gespräche über Gewalttaten sollten den zufällig zuhörenden - weil gerade anwesenden Kindern, nicht zugemutet werden.

Beschützen und Beten

Eine junge Mutter fragte bei einem Elternabend einmal interessiert die Kindergartenpädagoginnen:
„was soll ich denn machen, nach dem Auffangen der brutalen Bilder über den Krieg stellt meine fünfjährige Tochter Fragen, wo ich nicht weiß, was ich ihr darauf antworten soll?"
Da brennt es mir auf der Zunge und ich mochte am liebsten herausrufen; „Um Himmels Willen, lass es bitte nicht zu, dass dein Kind solche Bilder überhaupt zu Gesicht bekommt!"
Wir Erwachsenen haben tunlichst darauf zu achten, dass unsere Kinder im Kleinkindalter keine Schreckensmeldungen aus den Medien erhalten,

Zeitungen werden mit der Schlagzeile nach unten aus dem unmittelbaren Kontaktfeld des Kindes geräumt, das Radio wird bei Nachrichten wenn möglich automatisch abgestellt. Der Fernsehapparat mit seinen Schreckensmeldungen und Horrorszenen ist ausschließlich Erwachsenensache und auch für unsereins wäre es sehr wohltuend für unseren Schlaf, achtsamer zu werden bei der Auswahl unseres Abendprogramms.
Krimis, Horror und Science Fiktion Filme wirken sich auch für uns Große nach den oft kräfteraubenden Tagesereignissen nicht schlaf- und positiv entwicklungsfördernd aus.
Wer eine - mit ziemlich großer Sicherheit - wirklich spannende Alternative dazu sucht, dem empfehle ich „die Reise zu sich selbst!"
Dabei wird einem gewiss niemals langweilig, der „Stoff" geht ja nicht aus, - und noch dazu ist diese Art von Beschäftigung höchst interessant und lohnenswert.

Eine sehr warmherzige, weise Frau hat zu mir einmal folgendes gesagt:" Wenn ich eine Nachricht über Krieg, ein gewaltsames Ereignis oder eine Naturkatastrophe höre, dann stimuliert diese Nachricht die Fürbitten in mir."
Ich selbst empfand die Hilflosigkeit nach bestimmten Ereignissen auch oft als unglaublich schmerzend, bis ich die sinnvolle Hilfe durch das Gebet in meinem Leben wieder mehr integrierte und somit auch über Distanzen hinweg einen kleinen, positiven Beitrag leisten kann. (Buddhisten praktizieren dafür Mantras). Für mich persönlich sind alle Formen des Gebetes sehr wichtig, die mich mit der

Gottesliebe und göttlichen Kraft verbinden. Da ich christliche Wurzeln habe, ist mein ganz persönliches Gebet zu Gott genauso essentiell, wie das meditieren und rezitieren von den wundervollen Mantras, die uns Buddhisten zur Verfügung stehen.
Ich glaube an den göttlichen Heilstrom und bin überzeugt davon, dass wir durch unsere Gebete eine segensreiche Hilfsmöglichkeit für alle Leiden haben. Ich möchte dich so gerne ein bisschen dafür sensibel machen, auch in deiner Familie das Beten wieder einmal zu versuchen. Es ist ganz egal, welche Worte du dafür verwendest, sind sie erfüllt von deinem guten Willen, dann werden es die richtigen Worte sein!
Kinder sind für das Göttliche sehr offen - vielleicht liegt es ja daran, dass ihre Seelen noch nicht so lange von dieser göttlichen Urkraft der Schöpfung getrennt sind, aus der wir ja ursprünglich alle kommen?

So fühlt sich dein Kind sicher

Viele Eltern steht allabendlich dasselbe Bitten der Kinder - doch in das Bett der Eltern kriechen zu dürfen - bevor. Für Kinder ist das Bett, vor allem das der Eltern, der Inbegriff von Geborgenheit, Wärme und Liebe! Das ist so. Wenn man das weiß, versteht man dann auch besser, warum die Kleinen mit soviel Ausdauer und Kontinuität versuchen, immer wieder in das Bett der Eltern zu gelangen.

Frauen aus Naturvölkern trugen und tragen ihre Kinder ständig eng an sich, schlafen über lange Zeit bei ihnen und stillen sie mit Selbstverständlichkeit über Jahre. Ein sehr schönes Buch zu diesem Thema ist: „Die Suche nach dem verlorenen Glück" - siehe Buchempfehlungen.
Trennungsängste haben diese Kinder keine!

Manche Kinder quält Angst vor der Dunkelheit. Eine offengelassene Tür, durch die vertraute Stimmen dringen und ein sanfter Lichtschein fällt, kann unseren Kleinen die Angst lindern. Vielleicht mag dein Kind ein Schlaflicht in der Nähe seines Bettchens haben, um der Dunkelheit seine Bedrohung zu nehmen?
Spreche mit deinem Kind voll Liebe und Ruhe über seine Angst, nimm seine Ängste ernst!
Lass dein Kind erzählen und höre ihm aufmerksam zu, ohne es dabei zu unterbrechen!
Zeig ihm, dass es dir wirklich am Herzen liegt, ihm zu helfen, eine Lösung für den bedrohlichen Zustand zu finden.
Angst ist schrecklich! Sie macht großen Kummer und willen- und wehrlos.
Wir Eltern müssen unseren Kindern Sicherheit geben!

Bei stark ausgebildeten Trennungsängsten stehen uns eine Reihe von hilfreichen unterstützenden und erlösenden Mitteln bereit: die Bachblüten sind Helfer in großen und in kleinen Nöten. Finde die passende Blüte für dein Kind in einer Bachblütenberatung, oder suche dir die Blüten durch ein geeignetes Buch, wie zum Beispiel: „Blüten als Chance und Hilfe", von Ilse Maly.

Trennungsängste können weiters aufkommen, wenn dein Kind in den Kindergarten soll (aber emotional noch nicht 100 Prozent dazu bereit ist), wenn dein Kind eingeschult wird und noch sehr schüchtern und elternhausbezogen ist, oder wenn es bei Großeltern oder anderen Personen bleiben soll, zu denen dein Kind noch kein volles Vertrauen und die notwendige Sicherheit hat, sich wirklich entspannt, wohl und sicher zu fühlen.
Übergeht man mit großem Ernst und Autorität die Ängste der Kinder, dann bricht in der Seele etwas kaputt und es entsteht Leid. Der sogenannte „Schmerzbrunnen" - von dem auch Rebecca Wild in ihrem Buch: „Erziehung zum Sein" ausführlich schreibt, - wird aktiviert. Und was an großem Kummer im laufe eines Lebens nicht gelebt werden durfte, kommt später - irgendwann, wenn selbst der davon betroffen gewesene Mensch vielleicht gar nicht mehr damit rechnet - zum Ausbruch. In Form von erklärbarer oder unerklärbarer seelischer Last oder in Form von körperlichen Manifestationen.
Wir Erwachsene liegen auch am liebsten mit einem geliebten Partner im Bett.
Auch unsere Kinder sind unsere „geliebten Partner!"
Eine alleinerziehende Mutter sollte ihr Kind (vor allem den Sohn) aber nicht zum Erwachsenen - Partnerersatz hochstilisieren, das wäre ungesund.

Ich stelle dir jetzt ein paar meiner Lieblingsbücher und Lieder zum Vorlesen und Mitsingen vor:

„Schlaf gut, kleiner Bär", Quint Buchholz, Verlag Sauerländer
„KOMM sagte die Katze", Mira Lobe, Verlag Jugend und Volk
„Mach die Tür auf, Jonathan", Nick Butterworth, Coppenrath Verlag
„Traumboot", Erwin Moser, Beltz & Gelberg Verlag

Alle SWABIDU Kinderbücher, Swabidu Verlag
Alle Swabidu Hörspielkassetten
„Ein Leben beginnt", Sheila Kitzinger, Mosaik Verlag

Und für die etwas älteren Kinder, ab ca. 6 Jahren:
„Pauls Bett- Geschichten", Franz S. Sklenitzka
„Die Geschichte vom Volk das die Bäume umarmte", Ansata Verlag
„Abenteuerliche Briefe von Felix", Coppenrath Verlag

Und nun zwei wunderschöne klassische Gute-Nacht-Lieder:

„Schlafe mein Prinzchen, schlaf ein,
Schäfchen ruh'n und Vögelein,
Garten und Wiese verstummt,
auch nicht ein Bienchen mehr summt,
Luna mit silbernem Schein,

gucket zum Fenster herein,
schlafe bei silbernem Schein,
schlafe mein Prinzchen, schlaf ein,
schlaf eeeeein, schlaf eeeein,
schlaf eeeeein, schlaf eiiiiiin"

****

„Guten Abend, gut' Nacht,
mit Rosen bedacht,
mit Näglein besteckt,
schlupf unter die Deck',
morgen Früh', wenn Gott will,
wirst du wieder geweckt,
morgen Früh', wenn Gott will,
wirst du wieder geweckt."

„Guten Abend, gut' Nacht,
von Englein bewacht,
die zeigen im Traum,
dir Christkindleins Baum.
Schlafe selig und süß,
schau' im Traum `s Paradies,
schlafe selig und süß,
schau' im Traum `s Paradies."

Im Handel gibt es verschiedene Angebote an klassischen Gute-Nacht-Liedern. Man lässt sich da am besten von seinem ganz persönlichen Geschmack leiten.

Schlafférdernde Massagetechnik für kribbelige Kinder, Energiearbeit:

Kinder lieben es sehr, wenn man ihnen den Rücken sanft streichelt, aber manchmal ist es notwendig, es durch eine gezielt zur Ruhe führenden Massage zu „erleichtern". Wir alle kennen die Situation: unser Kind liegt im Bett und kann einfach nicht einschlafen, es wälzt sich hin und her. Mit folgender Massagetechnik kannst du deinem Kind sinnvoll helfen und es wird die beruhigende Wirkung schnell schätzen lernen und bei gegebenem Anlass wieder danach verlangen.
Achte darauf dass du warme Hände hast.
Dein Kind liegt entspannt in seinem Bett, entweder auf dem Bauch oder auf dem Rücken, wie es gerade will. Nun hältst du deine Hände sanft, aber mit Bestimmtheit, seitlich an den Kopf deines Kindes. Deine Fingerspitzen berühren sich am Scheitel, so verweilst du einen Augenblick. Dabei machst du dir bewusst, dass du deinem Kind nun eine beruhigende Massage geben wirst. Wenn du möchtest, verstärke deine Absicht mit liebevollen, ruhigen Worten:" Ich streife dir jetzt die kribbelige Energie ab und du wirst ganz ruhig."
Nun bewegst du deine Hände gleichzeitig und gleitest seitlich am Körper deines Kindes in angemessenem Tempo abwärts, über die Arme, über die Beine und unten bei den Zehenspitzen kommen deine Hände wieder zusammen und ziehen die kribbelig machende Energie kräftig heraus. Danach schüttelst du deine Arme und Hände kräftig aus und wenn du möchtest, dann verstärke dein Tun mit den Worten: „uuuuund weg!"

Du wiederholst dieses Energieabstreifen ca. 10 - 15 Mal, aber immer mit gleichbleibender Konzentration und Freude an deinem Tun. Mag sein, dass diese Massage für dich nach Arbeit oder großem Aufwand klingt, aber wenn du und dein Kind diese Art von Zuwendung erst einmal ausprobiert haben, dann werdet ihr sie bestimmt lieben.
Übrigens hat meine frei praktizierende Hebamme, bei der ich zwei meiner vier Kinder geboren habe, auch mit dieser Methode gearbeitet und an mir die Geburtsschmerzen im Lendenwirbelbereich bei jeder Wehe „ausgestrichen". Damals habe ich diese Energiearbeit aus einer anderen Perspektive am eigenen Körper erfahren und weiß, wie erlösend diese wundervolle Energiearbeit sein kann.

Hat dein Kind ausreichend Bewegung?

Kribbelig sein kann eine körperliche oder seelische Ursache zu Grunde liegen. Hatten Kinder untertags kaum die Möglichkeit sich ausreichend zu bewegen, so wird die Ursache eventuell körperlicher Natur sein. Es gibt Kindergärten, in denen 3 - 6 jährige zu lange in geordneten Bereichen an kleinen Tischen sitzen müssen, eine kurze Turnphase und ein Auslauf in den Garten, regelmäßig nur bei Schönwetter, sind für viele grobmotorisch veranlagte Kinder (und das sind vor allem Jungen) viel zu wenig. Schon in diesen jungen Jahren bildet sich durch den täglichen Bewegungsmangel und der erforderlichen Angepasstheit in solchen Institutionen ein mehr oder weniger großes Aggressionspotential. Ein sinnvoll gestaltetes Nachmittagsprogramm (durch die Eltern), mit abwechslungsreichen Bewegungsmöglichkeiten auch bei schlechtem Wetter im Freien, kann dieser Stress durch Unterdrückung natürlicher Erfordernisse eines kindlichen Körpers möglicherweise wieder ausgeglichen werden. Für Kinder gibt es kein gutes und kein schlechtes Wetter! Wir Erwachsene bewerten es so, Kinder hingegen finden Gefallen an strömendem Regen, an Pfützen planschen, bitte nicht schimpfen, wenn sich dein Kind nass spritzt. Vielleicht machst du es deinem Kind ja wieder einmal gleich und ihr beide zieht beim nächsten Regen los und beobachtet, was euch die Natur an Lustigem bereithält!

Im Allgemeinen haben unsere Kinder gerade noch im Vorschulalter die Zeit, die „freien" Stunden

möglichst oft in freier Natur zu verbringen. Uns allen, groß - wie klein, fehlt dieser intensive Zugang zur Natur, zu unserer Erde, wir haben wenig Kontakt und wenig positive Verbindung mehr zu unserer Natur. Wir reagieren auf dreckige Schuhe mit Ärger, weil soviel „Gatsch" an den Schuhen hängt, oder ärgern uns über den Regen, weil wir gerade keinen Schirm dabei haben.
Ich glaube, dass es nur wenig im Leben gibt, das eine natürliche, ausgiebige Beziehung zu unserer Mutter Erde ersetzten kann. Vor allem Kinder brauchen wieder verstärkt das Wissen der Eltern um diese Notwendigkeit, die ein Stück unbezahlbarer Wertigkeit mit sich bringt. Erwachsene können sich größtenteils besser kontrollieren (oder auch nicht?), wenn ihnen über Jahre das Erlebnis Natur abhanden gekommen ist. Natur bietet ein großartiges Forum für Kinder zum unbeschwerten Toben, ausgelassen sein nach Herzenslust und mit überschwänglicher Lebensfreude. Natur besänftigt, weil die Sinneseindrücke durch das praktische Erleben und Erfahren direkten Zugang zu unserer Seele haben. Natur inspiriert permanent, ob man es nun wahrnimmt, oder ab man seinen Gedanken nachhängt, irgendein magischer „Zauber" bleibt uns gewiss. Nutzen wir die Möglichkeit sogar bewusst, dann bleibt der Zauber nicht mehr magisch, sondern wir integrieren die kostbare Möglichkeit des Naturerlebnisses für unsere dauerhafte Gesundheit.
Sport in der Natur ist ein herrliches Erlebnis für die ganze Familie. Wandern, ein Picknick, Blätter und Zweige sammeln für einen bunten Herbststrauß, ein Indianerzelt aus alten Ästen bauen, Moos für die Weihnachtskrippe holen, und und und ....

Mit einem Hündchen geht man auch regelmäßig hinaus, wenn man Kinder hat, sollte man das (aus anderen Gründen) genauso wichtig nehmen.
(Ein Naturerlebnis ist nicht, wenn ich mich anziehe, um vom gegenüberliegenden Bäcker Semmeln hole, oder ich auf dem Balkon Mittagesse. Damit meine ich immer Interaktion!)

Wenn dein Kind einen Kindergarten besuchen wird und du vielleicht einen lebhaften kleinen Entdecker als Kind hast und du mit deiner Familie in einer kleinen Wohnung wohnst, weit weg von Wald und Wiese, dann wird es besonders notwendig für das Wohl deines Kindes sein, dass es in der ausgewählten Betreuungsstätte genug Möglichkeit zum Austoben im Freien und genug freie Betätigungsmöglichkeit im Raum hat. Kein Kindergartenteam muss sich den Vorwurf gefallen lassen, nicht völlig korrekt zu arbeiten, jedoch gibt es eklatante Unterschiede in der pädagogischen Führung einer Kindergruppe und in manchen Kindergärten wissen die Betreuer mehr um die wahren Bedürfnisse unserer Jüngsten. Halte Ausschau nach alternativ geführten Kindergärten, oder vielleicht kannst du in einem Kindergarten zum Wohle aller Kinder etwas anregen, was dir schon lange am Herzen liegt. Kinder haben ein Recht auf das vollständige Ausleben ihres natürlichen Bewegungsdranges, wenn das über einen größeren Zeitraum nicht möglich ist, reagieren sie mit Auffälligkeiten unterschiedlichster Art im körperlichen oder seelischen Bereich unterschiedlich stark.
Soll dein Kind in die Schule kommen, wird das Angebot an unterschiedlichen Schulformen etwas schwieriger. Entweder du bist ganz alternativ eingestellt und gehst mit deinem Kind einen erst seit mehreren Jahren voll anerkannten Weg des feien

Lernens nach der Methode von Wild und Freinet, oder du wählst eine Waldorfschule, oder du wählst den Hausunterricht entweder in Eigeninitiative, oder bei einer Mutter in deiner Nähe, die häuslichen Unterricht für Kinder im Volksschulalter in Kleingruppen anbietet.

Reizüberflutung, elektromagnetische und geopathische Störfelder

Bei andauernden Einschlafschwierigkeiten würde ich folgendes überdenken: ist mein Kind reizüberflutet, ist es geopathischen Störzonen ausgesetzt–(kann man durch Bioresonanz bei einem Arzt feststellen lassen, oder du lässt dein Haus , deine Wohnung von einem Radiästhesisten * überprüfen) Hat mein Kind mit einer Ausnahmesituation zu tun, hat sich familiär etwas verändert?
Tanten, Onkel, Großeltern, ja sogar verstorbene Menschen können auf ganz subtile Art und Weise auf das Wohlbefinden eines Familienmitgliedes und/ oder die ganze Familie Einfluss haben, auch wenn man mit diesen Menschen gar nicht (mehr) in engem Kontakt steht.

Die Familienaufstellung

Eine verlässliche Methode, mit der man etwaige Probleme verschiedenster Natur erkennen und bearbeiten kann, ist die „Familienaufstellung",- eine Methode, die Bert Hellinger ursprünglich anbot.
Durch das Familienaufstellen, wofür fremde Personen stellvertretend für jedes beliebige Famili-

enmitglied Platz nehmen, wird auf einmal ein unbewusstes inneres Bild für den Hilfesuchenden im Zusammenhang mit seiner Familie nach Außen transportiert, deutlich und klar vergegenwärtigt. Durch dieses Sichtbarmachen werden schicksalhafte Verstrickungen, die bislang verborgen waren, aus der Tiefe geführt, erkannt und aufgearbeitet.
Sogar Probleme, die unbewusst von Generation zu Generation übertragen wurden, und uns daran hindern, dass wir ein erfülltes Leben führen, in dem wir uns verwirklichen können, werden bei dieser systemischen Art genauso gelöst, wie aktuelle Probleme in Beruf und Familie.
Viele von uns wissen, dass wir Dinge tun, die wir eigentlich gar nicht tun wollen -
Und das was wir wollen , oft nicht tun (können).

Beim Familienaufstellen durch Stellvertreter können wir innere Getriebenheit und „magische" Kräfte völlig entmachten, weil wir hingeführt werden zu einem klaren realistischen und erlösenden Bild.
Und Jeder und Alles bekommt einen neuen, angemessenen Platz!

Ich habe mit Frauen gesprochen, die großes Unbehagen, sogar Angst davor hatten, sich mit Problemen ernsthaft auseinander zu setzen, weil dadurch eine Veränderung ihres gewohnten Lebensstils mit großer Wahrscheinlichkeit zu erwarten gewesen wäre. Nicht dass der gewohnte Lebensstil so befriedigend wäre, dass die Frauen ihn nicht aufgeben möchten, die Unsicherheit, was dieses genaue Betrachten nach sich ziehen würde, das lässt den Gedanken es zu versuchen gleich wieder erstarren.

****

Meine Einstellung dazu ist:

Lausche tief in dich hinein: bist du erfüllt in deinem derzeitigen Leben? Spürst du Freude und Selbstachtung wenn du an deinen Lebensweg denkst? Glaubst du daran, dass du eines Tages, wenn die Zeit es so will, diese Erde mit einem Gefühl der Harmonie und Zufriedenheit verlassen wirst?
****

Wasseradern soll man nicht unterschätzen

- Radiästhesie: Erdstrahlen verschiedenster Herkunft haben unterschiedliche Wirkung auf unseren Körper. Betten und Arbeitsplätze sollten an einem unbelasteten Platz stehen, damit unsere Gesundheit von dieser Seite nicht permanent strapaziert wird. Eine Studie beweist, dass alle Krebspatienten auf einer Wasserader lagen oder liegen.
- Das heißt natürlich nicht, dass man wegen der Wasserader Krebs bekommt oder bekommen muss - aber es wirkt sich ungünstig für das körperliche Wohl aus! Die effektiven Ursachen für eine

Krebserkrankung können vielfältig sein.

- Nicht alle Menschen, die auf einer Wasserader liegen bekommen eine lebensbedrohliche Krankheit, der Körper wird aber kontinuierlich geschwächt, gereizt und verwirrt, sodass eine aktive Gegensteuerung in übermenschlichem Maße von Nöten wäre, um diese Störfaktoren dauerhaft auszugleichen. Kaum ein Normalsterblicher hat dazu die Zeit, den Willen und die erforderliche Kraft.
- Mein Mann und ich schätzen das Wissen um die Radiästhesie und haben aus diesem Grund unsere Betten mit Absicht an einem neutralen Platz stehen, damit ein unbelasteter, erholsamer Schlaf von diesem Gesichtspunkt aus gewährleistet ist.

Elektrosmog reduzieren statt ignorieren

Angesichts der unsicheren Erkenntnislage bezüglich der Wirkung auf den menschlichen Organismus (Kurz- und Langzeitwirkung), wissen wir noch sehr wenig Bescheid über die negativen Auswirkungen von zum Beispiel: Handys, PC's, elektromagnetischen Störfeldern wie Handymasten, Babyphones, Mikrowellen, Halogenleuchten, Fernsehapparate. Eigentlich bekommt man erst ein paar nähere Informationen, wenn man anfängt sich dafür genauer zu interessieren. Wir brauchen über den Ist-Zustand in keine Panik zu verfallen, denn Panik und übergroße Angst vor etwas, das unabänderbar im Leben ist, trägt in sich selbst die wirklich ernstzunehmende Gefahr!

Die derzeitigen offiziellen Grenzwerte für niederfrequente Wechselfelder sind aus elektro- biologischer Sicht viel zu hoch. Sie bieten lediglich Schutz vor besonders akuten Gefahren. (Niemand darf unmittelbar neben einer Elektrizitätserzeugungsanlage sein Haus bauen).

ABER: Gewisse Zustände lassen sich mit ein bisschen Flexibilität leicht ändern:
UND: Vorsicht ist besser als Nachsicht!

>>Ich kann einen gewissenhafteren Umgang mit meinem Handy lernen, und muss vielleicht nicht i m m e r erreichbar sein.
Benütze auch außerhalb des Autos eine Freisprecheinrichtung (Ohrhöhrer). Deine Ohren werden nicht so heiß und werden es dir danken !

>>Eine Außenantenne für das Telefonieren im Auto ist Gesundheitsvorsorge pur! (In ein paar Jahren gibt es gewiss Studien darüber und die Mehrzahl aller Autofahrer wird eine Außenantenne montiert haben, davon bin ich überzeugt!)

>>Ich kann gesundheitsbewusst auf Halogenleuchten verzichten. Es gibt so wunderschöne Lampen mit den guten alten Glühbirnen.

>>Ich kann mir immer wieder die Frage stellen: brauche ich unbedingt eine Mikrowelle, ist das Babyphone wirklich unerlässlich?

>>Alte Fernsehapparate haben eine höhere Strahlungsbelastung als neue Geräte. Schalte in der Nacht das TV Gerät aus - und vermeide den Standby - Status.

>>Das Bett selbst kann eine Belastungsquelle sein, wenn man eine Federkernmatratze benutzt, oder wenn das Bett aus Metall besteht. Ein Metallrahmen verstärkt die permanent erzeugten Verschiebeströme im Körper, weil er die sogenannte Körperankopplung an bereits vorhandene elektrische Felder vergrößert. (Zitat eines Radiästhesisten).

Betten sollten möglichst aus Holz gefertigt sein, Schrauben stören nicht.

Zu den stärksten Elektrosmogerzeugern zählen Heizdecken im Bett. Während der Inbetriebnahme erzeugen sie starke magnetische Felder (wenn man darauf liegt - somit in unmittelbarer Körpernähe). Entweder verwendet man sie nur zum Erwärmen des Bettes und entfernt sie wieder, wenn man sich in das Bett legt, oder man besinnt sich

der guten alten Wärmeflasche, die auch wunderbar ihre Dienste tut.
>>Sogenannte Netzfreischalter kann man sich vom Elektriker auch nachträglich in den Sicherungskasten einbauen lassen. Sie bieten eine komfortable Möglichkeit, den Elektrosmog vor allem im Schlaf- und Kinderzimmer zu verringern.

Im Urlaub einmal ein Babyphone zu gebrauchen, das wird jedes sonst gesunde Baby leicht vertragen können, aber der alltägliche Gebrauch über viele Stunden ist ernsthaft neu zu überdenken.
Ich habe eine Bekannte, die ihre Mikrowelle ausschließlich dazu benutzt um Popkorn darin zu machen. Diese Art des bewussten Umgangs finde ich auch tolerabel und bestimmt wird ihre Gesundheit dadurch nicht wirklich beeinträchtigt werden.
Wenn ich auf Urlaub bin und mein Zimmer ist ausgestrahlt mit vielen kleinen Halogenlichtern, dann werde ich auch nicht kränklich nach Hause fahren, weil ich von diesen ungesunden Lichtern angestrahlt wurde.
Ich werde auch nicht gezwungen sein, Mauern wegzureißen oder künftig in der Garage schlafen, weil dort der beste Schlafplatz ist, frei von geopathischen Störzonen.
Wir werden auch weiterhin mit dem Flugzeug fliegen und die Bahn benützen.Wir können und wollen letztlich aus Bequemlichkeit dem
Elektrosmog gar nicht ganz ausweichen, aber wir können reduzieren.
Wir müssen nicht allem und jedem besorgt aus dem Weg gehen, um uns gesund zu erhalten. Ich bin aber überzeugt davon, dass es sehr sinnvoll

ist, Wissen zu nutzen und es zu unserem Wohle in gesundem Maße anzuwenden.
Eine kämpferische Einstellung diesen Dingen gegenüber wäre fanatisch, angstbesetzt und damit an sich selbst ungesund.

Wir wollen auf gewisse Annehmlichkeiten nicht mehr verzichten, unser Computer, unser Handy, unser Fernsehapparat ist kaum mehr wegzudenken. Somit nehmen wir mit einer sozusagen „gesunden Einstellung" gewisse ungesunde Zustände in Kauf und müssen klug überlegen, wie sich das - ich nenne es: „Kraftabsaugen", im Alltag nun kompensieren lässt. Kompensation ist notwendig, auch wenn dieses „Kraftabsaugen" still und heimlich passiert und wir gewisse Unpässlichkeiten erst viel später einmal unangenehm wahrnehmen. Viele von uns sehen den Zusammenhang von „Kraftabsaugen" und elekromagnetischen und geopathischen Störfeldern nicht oder nur bei schon erheblichen gesundheitlichen Störungen, denen man dann gezwungenermaßen nachspürt.

Wie kann ich diese vielfältigen Störfaktoren kompensieren?

Da bietet sich eine im wahrsten Sinne des Wortes wunderbare Möglichkeit an: die NATUR!
Ja, die Natur kann Wunder wirken!!
Wann immer du auch nur ein bisschen Zeit hast, hinaus in die Natur, abseits von Straßen und Wegen, hinein in den Wald. Die Bäume kompensieren.
Das ist so.

Betrachte den Himmel, rieche die Waldluft und befühle Blätter, Gräser, Rinden und Moos.

Jeder Tag hat etwas Besonderes zu bieten, ein windiger Tag im Wald bietet Möglichkeit zu lauschen, ein regnerischer Tag vielleicht mehr zum tief Durchatmen, Licht und Schattenverhältnisse lassen uns durchs Jahr immer wieder staunen und du wirst niemals leer nach Hause gehen. Das ist so.
Lebe ein anderes Tempo, langsamer, bedachter, genussvoller.
Ziehe im Sommer die Schuhe aus und spüre wieder einmal intensiv die Erde unter deinen Füßen. Wie fühlt sie sich an? Ist sie feucht, warm, hart oder vielleicht ein bisschen spießig?

Und bevor du an diesem Tage schlafen gehst ist spätestens da noch einmal ein geeigneter Moment um für alles Schöne im Leben zu danken. Pflege die Dankbarkeit in dir, du findest bestimmt einige persönliche Gründe in deinem Leben, an die du mit Dankbarkeit denken kannst.
Wenn du die Dankbarkeit in dir pflegst, dann förderst du gleichzeitig auch alle anderen positiven Kräfte in dir, das ist gut und heilsam.

Kleine Hilfen mit großer Wirkung: Schlaffördernde Teemischungen

Schlaftee nach Maria Treben:

Gelbe Taubnessel, 5g
Schlüsselblume, 50g
Lavendelblüten, 25g
Johanniskraut, 10g
Baldrianwurzel, 5g

Fruchtzapfen vom Hopfen, 15g

Mein ganz persönlicher Lieblingstee zum Schlafen:

3 x gelbes Labkraut
2 x Ysop
1 x Lavendelblüten
1 x Melisse

Diese Mischung fördert einen guten Schlaf und ein sonniges Gemüt!
Ebenso haben sich der klassische Johanniskrauttee, wie der Lapachotee bewährt.

An homöopathischen Hilfen sind mir die APOZEMA Schlaf und Durchschlaftropfen (Nr 27) bestens bekannt.
Bei manchen helfen die APOZEMA Stress und Nerventropfen (Nr 33)
optimal.

Einigen Lebensmitteln sagt man nach, dass sie die Produktion eines Stoffes (Melatonin) in unserem Körper fördern, der sich auf unseren Schlaf positiv auswirkt. Erdnüsse, Mandeln, Sojabohnen, Thunfisch, Emmentaler, Hüttenkäse und Rinderfilet gehören dazu.

Lavendelöl sparsam in die Duftlampe geträufelt macht ruhig und soll depressive Zustände zu lösen vermögen.
Mütter brauchen für ihre guten Nerven und ein stabiles Gemüt unter anderem auch viele Vitamine und Mineralstoffe! Meine persönliche Meinung dazu ist, dass auch ein abwechslungsreicher, gesunder Speiseplan manches Mal nicht genügt um uns durch das Essen ausreichend damit zu versorgen. Multivitamintabletten, sogenannte biologische Nahrungsergänzungen, vor allem viel zusätzliches Vitamin B halte ich für einen Segen aus der Apotheke Gottes um größeren, nervlichen Belastungen gut standzuhalten.

Schüsslersalze als wertvolle Ergänzung

Schüsslersalze kann man im Alltag als sinnvolle Unterstützung für den Organismus nützen. Als Nervennahrung gilt vorwiegend das Schüsslersalz Nummer 2, Calcium phosphoricum, D6, (Kalziumphosphat) und das Schüsslersalz Nummer 5, Kalium chloratum, D6, (Kaliumchlorid). Beide Salze wirken als biochemisches Aufbau - und Kräftigungsmittel. Zur Unterstützung in der Rekonvaleszenz ebenso geeignet, wie bei allgemeinen Erschöpfungszuständen, Überregbarkeit und bei großen nervlichen Belastungen.

Alle Schüsslersalze sind untereinander gut verträglich, Überdosierungen scheidet der Körper unbeschadet aus. Viele Kinder haben Schüsslersalze sehr gerne und sie sind vor allem auch in akuten Krankheitsbildern sehr hilfreich. (Siehe: Husten, Fieber, Durchfall, usw.)

Trinkt dein Kind genug?

Haben wir Mütter noch recht großen Einfluss auf die gesunde Nahrungsaufnahme unseres Vorschulkindes, weil es geplante , warme und hochwertige Mahlzeiten zu sich nehmen kann, hört unser Einfluss auf, sobald unser Schulkind die Oberstufe besucht und oft erst abends nach Hause kommen kann. Wir haben wenige Möglichkeiten eine gesunde Alternative für unsere Kinder zu finden. Entweder, wir geben ihnen Jausenbrote in die Schule mit, die nachmittags manchmal nicht mehr verlockend sind, oder Jausengeld, um sich nach Lust und Laune selbst zu versorgen. Die Anbieter für eine gesunde Jause kenne ich leider noch nicht.
Unsere Kinder trinken viel zu wenig! Auch die Lehrer, auch die Eltern ! Wasser wäre momentan noch das belebendste und gesündeste Getränk! Bitte ermutige dein Kind zum Trinken, und bitte es darum, es auch umgekehrt so zu tun! Meine Krabbelkinder bekamen zum Trinken sehr oft Wasser in ihrem Fläschchen, das habe ich mir bei einer anderen Mutter abgeschaut und das hat mir sofort imponiert. Wenn Kinder das Nuckeln am

wassergefüllten Fläschchen gewohnt sind, dann mögen sie es sehr.

Musik wirkt!

Musik, wir wissen es alle, wirkt ganz unterschiedlich auf uns. Wir stellen zum Essen, wenn die ganze Familie beisammen sitzt, Musik grundsätzlich aus. Nur bei besonderen Anlässen wählen wir bewusst besondere Musik dazu. Musik wirkt! Meine Lieblingsmusik war über längere Zeit bei meinen Kindern kategorisch als „Halleluja- Musik" bezeichnet, weil ich besonders gerne Meditationsmusik und Entspannungsmusik höre, gelegentlich auch Trommelnrhythmen. Ich habe eine meiner CDs oftmals ganz bewusst eingesetzt, um eine bestimmte Ruhe in den Raum zu bringen, erhitzte Gemüter zur Ruhe zu bringen, eine gewisse Stimmung zu erschaffen, die durch Worte nicht zu erschaffen gewesen wäre. Unsere Kinder bringen Musik und die damit verbundene Gefühlswelt sehr klar in Zusammenhang, darum schnappen sie sich heute selbst manchmal eine dieser „Halleluja CDs", um wieder diesen angenehmen Zustand hervorzurufen.

ANERKENNUNG und WERTSCHÄTZUNG

Wir Frauen und Mütter vollbringen eine großartige Leistung! Wir dürfen selbstbewusst unsere Tätigkeit anerkennen, würdigen und zu gegebenem Anlass auch Respekt und Würdigung in angemessenem Maß erwünschen. Im Allgemeinen bekom-

men Frauen und Mütter zuwenig Anerkennung und Lob für ihre unermüdliche Arbeit, dieser Zustand ist wenig zufriedenstellend.
Mütter sind gesellschaftspolitisch die allerwichtigsten Personen, das haben die meisten Politiker noch nicht erkannt. Mütter sind unersetzbar in der Erziehung ihrer Kinder und sie sollten von ihren Lebenspartnern auf liebevollste Weise hochgeschätzt werden! Das hätte nicht zur Folge, dass Mütter daraufhin erhobenen Hauptes durch das Leben stolzieren würden, sondern die notwendige Anerkennung wäre ein Segen und essentiell für ein dauerhaft positives Familienleben.
Lob, Anerkennung und Wertschätzung sind die wichtigsten, pflegenden und fördernden Faktoren für ein gesundes und fruchtbares Miteinander. Männer sollten ebenso genug Wertschätzung und Anerkennung bei ihrer Arbeit bekommen, dann führen sie ein gesundes Leben, wenn die Arbeit nicht n u r Mittel zum Zweck bedeutet.
Eine wertgeschätzte Mutter wird ihrerseits die Mithilfe ihres Partners in Familie und Haushalt respektvoll wahrnehmen, und dankend anerkennen.
Wenn sich Eltern gegenseitig wertschätzen, immer wieder betonen, wie wichtig und großartig sie die Aufgaben des Anderen erleben, erfahren Kinder von klein auf eine gesunde Basis an respektvollem, liebevollem Umgang untereinander.
Manchmal ist es notwendig, den Partner über gewisse Tätigkeiten zu informieren, denn mütterliche Arbeit geschieht oft im Stillen und Verborgenen. Liebevolle Partner werden zum Zuhören und Verstehen ermuntert und haben dadurch manchmal erst die Möglichkeit, Einblick in tiefere Erleb-

nisbereiche mütterlicher Zuwendung zu bekommen.

****

Tagesmotivation:

Ich will in gesunder Weise Respekt und Anerkennung untereinander pflegen und die Leistungen des Anderen würdigen.
So bekommen anstehende, alltägliche Arbeitsabläufe, die widerwillig und lieblos erledigt werden würden, eine neue, freuderfüllte Ausrichtung.
Das macht SINN und ist gesund!

KAPITEL 2:

UNSERE SPRACHE

Wenn wir respektvolles Verhalten pflegen wollen, müssen wir die Sprache miteinbeziehen. Liebevolle, anerkennende Worte sind gesund und jeder fühlt sich gleich wohl, wenn „dahinter" auch zu spüren ist, dass die ausgesprochenen Worte auch wirklich wohlwollend gemeint sind!

Worte können viel Leid bringen, ich denke, dass manche zornvolle, leidbringende Worte, wirklich nur sehr schwer wieder gutzumachen sind.

Wenn wir also einen liebevollen Umgang fördern wollen, dann sind wir gezwungen, auf unsere Worte besonders Bedacht zu nehmen.

Wenn ich noch einen Schritt weiter in die Tiefe gehe, dann bin ich aufgefordert, auch auf meine Gedanken - meine geistigen Aktivitäten acht zu geben, denn, - was uns in den Sinn kommt, wird oft viel zu schnell und unbedacht herausgesagt!

****

Tagesmotivation:

Ich achte bewusst auf meine Wortwahl und lege Wert darauf, nicht alles, was mir auf der Zunge liegt, unbedacht herausprasseln zu lassen.

Diese Übung ist Zeit unseres Lebens sehr sinnvoll und gesundheitsfördernd. Die wahren Meister dieser Kunst sind Weise, und viele dieser außergewöhnlichen Menschen sind nicht nur kluge Köpfe, sondern paaren Herz und Geist.

Das ist eine sehr anstrebenswerte Kombination.

Reden und Zuhören

Kinder können recht gut unterscheiden, wo welche Kommunikationsform gebräuchlich ist. Auf dem Fußballplatz wird sie eine andere sein als zu Hause oder bei den Großeltern und bei befreundeten Familien. Zu Hause leben die Eltern die Sprache vor und unabhängig von Dialekten, ist eine überdachte Sprachgestaltung wichtig.
Manche von uns reden zu v i e l, ja, Kinder werden manchmal förmlich „niedergeredet". Sinnvoll ist aber immer ein Austausch an mitteilen und zuhören gleichermaßen:
„ Ich möchte dir etwas sagen und brauche dazu deine ganze Aufmerksamkeit". Der Erwachsene legt dabei Wert, Augenkontakt mit seinem Kind zu haben und begibt sich auch auf seine Körperhöhe, indem er sich neben sein Kind hockt oder sich beide gegenübersitzen. Mit dieser Körperhaltung erweist der Erwachsene dem Kind Respekt. In dieser Form kann ein gesunder Austausch stattfinden.
„Nun habe ich dir meine Gedanken mitgeteilt, nun interessiert es mich sehr, wie du darüber denkst". Der Erwachsene lässt sein Kind vollkommen, ohne Unterbrechung ausreden und widmet ihm seine vollkommene Aufmerksamkeit mit Ruhe, Geduld und der Absicht, das Kind verstehen zu wollen.

Ein Dialog in ruhiger Atmosphäre mit innerer Gelassenheit ist eine gute Ausgangsbasis für einen sinnvollen Gesprächsaustausch. Es signalisiert dem Kind: Ich nehme mir Zeit für dich - es interessiert mich, was du zu sagen hast - du bist wichtig für mich - ich nehme dich ernst!

Streite nicht neben deinem Kind

Kinder leiden sehr unter Spannungen in der Familie. Streitigkeiten unter Geschwistern über einen längeren Zeitraum können sie besser verkraften als Streit mit und unter den Eltern! Ein Konflikt sollte immer aktuell gelöst werden, ein spannungsfreies Klima unter den Familienmitgliedern ist eine wichtige Voraussetzung für unsere Gesundheit. Kinder sind sehr sensibel und mitfühlend, es muss gar nicht viel „Zornvolles" ausgesprochen sein. Kinder haben Antennen dafür, was in der Luft liegt! Dauert ein schwerer Spannungszustand zu lange, wird das Kind darauf reagieren, körperlich- vielleicht mit Beschwerden unterschiedlichster Art, aber auch seelisch durch Kummer über den ungelösten, schweren Zustand, der wie ein Schatten über der Familie liegen kann.
Probleme der Eltern, die über die alltäglichen, leichten und zumutbaren Probleme hinausgehen, sollten den Kindern erspart werden! Bei seinen Kindern darf man sich über den anderen Elternteil weder ausweinen, noch ernsthaft beschweren!
Probleme der Eltern sind Elternangelegenheit! und sollten nicht mit Kindern diskutiert werden.
Hast du Kummer mit deinem Partner, den du gerne mit einem Vertrauten besprechen möchtest, dann suche dir einen geeigneten Mann/Frau, bei dem du deine Sorgen gut aufgehoben weißt. Damit meine ich, jemanden, der deine Sorgen nicht weitererzählt!
Eine geeignete Vertrauensperson ist immer jemand, die deine Probleme ernst nimmt, dir aufmerksam und bereitwillig zuhört, dich berät, - und dich gegebenenfalls aber auch darauf aufmerksam

macht, wo du einen Irrweg eingeschlagen hast. Die besten Freunde sind immer die, die dir nicht blindlings folgen und dein egozentrisches Verhalten loyal verstärken, sondern diejenigen, die dir auch einmal Hinweise auf eventuell falsches Verhalten deinerseits geben!

Ist alles wieder gut?

Wenn wir aktuelle Probleme stimmig lösen, dann setzen wir für uns selbst und unsere Familienmitglieder einen wichtigen Baustein in Richtung Frieden, Harmonie und Gesundheit!
Kinder hört man nach einer nicht zufriedenstellend gelösten Versöhnung - nach der noch irgendetwas „Schweres" im Raum mitschwingt - ungläubig fragen: „Ist A l l e s wieder gut?" Sie brauchen diese Sicherheit, dass Alles wieder gut ist!
Irgendetwas nachtragen oder unterschwellig noch mitschwingen lassen zeigt die Notwendigkeit auf, sich ernsthaft sein eigenes Konfliktlösungsmanagement genauer unter die Lupe zu nehmen und ehrlich dabei erkennen, was daran verbesserungswürdig ist! Eigene Fehler erkennen, ändern und gegen neues, gesundes Verhalten ersetzen bringt viel Freude! Für dich selbst und auch für andere.
„Emotionale Intelligenz" ist ein aktueller Begriff aus dem Managementbereich und wird in den unterschiedlichsten Seminaren - die zur Fortbildung für Führungskräfte dienen - angeboten und gelehrt. Eltern sind auch Führungskräfte - und es ist sinnvoll, sich über die gesamten Möglichkeiten

seiner eigenen Emotionalität und ihren Auswirkungen gut im Klaren zu sein.

Ein wichtiges Ziel in unseren Familien sollte lauten:
Ich will, dass mein Kind bei mir glücklich ist!

Wenn dein Kind Wörter verwendet, die in deiner Familie nicht üblich und unerwünscht sind, dann mache dein Kind s a c h l i c h darauf aufmerksam und fordere es auf, nach geeignetem Ersatz zu suchen. „Nein, - such dir ein anderes Wort dafür"! oder: „Wie kannst du das anders sagen, damit ich verstehe, was du meinst"?

Kritik der Kids und meine Reaktion

Beim Mittagessen stört es viele Mütter, dass ihre Kinder das aufwendig zubereitete Essen mit den unterschiedlichsten Ausdrücken beurteilen, wie: „ pfui, igitt, oder, iiiiih, wie schaut das denn aus?!". „Ich will das nicht essen!!"
Kinder sollten aufgefordert werden - zu kosten, bevor sie ihre Meinung abgeben.
Aber wirklich nur zu kosten- das heißt: ein einziger Teelöffel voll- und nach dem Kosten haben Kinder die freie! Wahl, nach ihrem Geschmack zu entscheiden. Schmeckt es ihnen wirklich nicht, müssten sie sich ernsthaft überwinden das Vorgesetzte zu essen, dann sollten sie es mit angemessenen Worten mitteilen dürfen. Zum Beispiel: „Mama, das ist nicht mein Geschmack".
Hin und wieder kommt es auch vor, dass sie sich durch das äußere Erscheinungsbild täuschen lassen.
Ich habe meinen Kindern immer wieder gesagt, dass sich Geschmack ändern kann, dass ich als Kind Porreegemüse überhaupt nicht leiden konnte, es aber heute hingegen sehr gerne esse. „Gib dem Essen eine Chance", sage ich manchmal, und siehe da, gar nicht so selten heißt es dann: „Hmmh, schmeckt ja richtig gut!"

Wörter, die man in der eigenen Familie nicht verwendet, sind manchmal besonders interessant! Man kann diesen Wörtern aber förmlich den Wind aus den Segeln nehmen, wenn man diese sachlich und gelassen erklärt - welche Bedeutung ursprünglich dahintersteckt. Damit verlieren sie an Reiz.

Kritische oder verletzende Worte?

Wie sprechen wir Erwachsene über den Nachbarn, die Großeltern, Familien aus anderen Ländern, Andersfarbige, wie äußern wir uns über Jugendliche im Allgemeinen?
Bedenken wir bei unseren Äußerungen, dass wir alle auf der gleichen Erde leben, dass sie uns allen gleichermaßen zur Verfügung steht? Bedenken wir bei unseren Äußerungen, dass jeder von uns immer wieder Fehler macht und dass wir alle „auf dem Weg" sind - und es sehr natürlich und gesund wäre, würden wir uns gegenseitig auf unserem individuellen Weg so gut es geht behilflich sein, verständnisvoll und voll von Mitgefühl zur Seite stehen?

Ich sollte mir von Zeit zu Zeit die Frage stellen:
Spreche ich verurteilend oder verletzend über Dritte? Wenn ich mir im Klaren über meine eigenen Fehler bin, bemüht um positive Veränderung, mir selbst immer wieder vergeben kann, sollte ich auch Dritte nicht verurteilen oder verletzen. Sachliches Erkennen und Beschreiben einer Situation und meiner Meinung dazu in Gleichmut ist eine anstrebenswerte Kombination, die es vor allem für uns Erwachsene zu fördern gilt. Denn wir sind das Vorbild, ob wir wollen, oder nicht.
Ernste Gespräche zwischen zwei Menschen mit sehr unterschiedlichen Anschauungen sind dann gut verlaufen, wenn keine negativen Emotionen aufgestaut zurückbleiben. Ist man als Erwachsener zwar ansichtsmäßig nicht in Übereinstimmung gekommen und waren starke Emotionen im Spiel,

dann ist es hinterher gesund, sein Gemüt mit viel Nachdruck zu besänftigen und die Gedanken dem Gesprächspartner gegenüber in eine sanftmütige und verständnisvolle Richtung zu lenken. Jede anhaltende, nachtragende und zornvolle Haltung ist ungesund. Wir Menschen sind so verschieden, das ist gut. Und manchmal stechen wir mit unseren noch so gut gemeinten Worten in ein Wespennest und lösen eine Welle von Ungeahntem damit aus. Das Faktum, das wir angesprochen haben, verursacht im Gegenüber durch vorausgegangenes, bisher noch unbeeinflusst von meiner Seite, ein Wirrwarr aus Worten und Emotionen, für die wir nicht verantwortlich sind - die wir aber ausgelöst haben. Jeder von uns wird solche Situationen kennen.
Ich bete in solchen Situationen dann immer um Hilfe, die passenden Worte zu finden. Denn ich bin eine sehr schlechte Rednerin und finde „alleine" nur sehr schwer die richtigen Worte.

Müssen es Pistolen und brutale Video Games sein?

In unserer heutigen Zeit nimmt die Konfliktbereitschaft der Jugend alarmierende Ausmaße an. Aus verschiedenen Gründen, - vor allem aber aus Vereinsamung der Kinder, zu großem Druck von Seiten der Wohlstandsgesellschaft und ihrer Nebenwirkung und aus Konsumation von klein auf von absolut ungeeignetem Material, wie Medien und Freizeitangebote.
Hier **muss** ein Umdenken und Umlernen im Bezug auf unsere kritische Einstellung und der sich daraus notwendigerweise ergebenden Konsequenz passieren!!
Die Geschäfte quellen über mit erschreckenden Produkten, die gekauft werden, um dem Kind eine Freude zu machen - eine sehr zweifelhafte Verbindung!!
Bitte, sei extrem kritisch bei allem was damit zutun hat, dem **SEELENHEIL** unseres Kindes in irgendeiner Form - und scheint sie uns auch noch so banal - negativen Einfluss zu nehmen. Wir Erwachsene sind selbst oft schon sehr abgestumpft, unempfänglich für den rechten Blick für zweifelhaftes Vergnügen in dieser Richtung. Tagtäglich überladen uns die Fernsehstationen mit Grauen, Mord und Schrecken, - studiere ich das Programm für eine Woche, dann überkommt mich große Sorge. Es muss genug Menschen geben, die sich jeden Tag mit diesem Horror volladen und trotzdem gut schlafen. Das ist bereits eine ungesunde Reaktion eines Körpers, wenn er nach einer Art „Seelenvergewaltigung" trotzdem gut schlafen kann.

Schlafstörungen der Erwachsenen deuten immer wieder auf den geistig - seelischen Gesamtzustand des Menschen hin.
Wir müssen selbst wieder sehr sensibel werden auf das, was uns gut tut und eine „Antenne" dafür entwickeln, was wir meiden sollten und die Disziplin dazu aufbringen, eine notwendige Änderung - manchmal auch radikaler Natur - herbeizuführen.
Wenn Jugendliche in ihren Videogames mittels Gewalt „ihre" Konflikte lösen, Auseinandersetzungen immer in Kämpfen enden,- und wir diese Spiele kaufen, tolerieren, dass unsere Kinder damit „spielen", dann dürfen wir uns nicht wundern, wenn sie im wirklichen Leben auch mit Gewalt und Kampf parat stehen. Spiel und Wirklichkeit sind EINS.
Ein SPIEL darf **immer** nur gewaltfrei sein, keine Brutalität beinhalten.
Sonst verdient es diese Bezeichnung nicht!
In ein Kinderzimmer gehören keine Plastikmonster, Pistolen und Gruselutensilien. Es erforderte über die Jahre trotz klarer Überzeugung der negativen Auswirkungen von diversen Materialien immer wieder einmal große Standfestigkeit meinerseits, denn die Verlockungen der Wirtschaft sind enorm --- und viel Zeit zum Erklären, warum unsere Familie diese Produkte nicht anschafft, obwohl dieser oder jener Schulfreund diese Dinge ja auch zu Hause hat.
Mit viel Liebe, Ausdauer und Geduld und dem sicheren Wissen, nicht nur meinen eigenen Kindern damit etwas Gutes zu tun, haben wir den Verlockungen recht gut widerstanden.
Es ist gut, mit den eigenen Kindern Alternativen dazu zu suchen.

Für sinnvolle Alternativen sind Kinder im Allgemeinen recht gut aufgeschlossen.

Wie motiviere ich mein Kind?
Eine sinnvolle Motivation ist immer positiv formuliert!

Ich habe die Wahl wie ich formulieren möchte, manchmal sind es nur ganz kleine Unterschiede in der Sprachgestaltung, die einen Satz positiv oder negativ erscheinen lassen. Beide Formen haben vorerst die gleiche Intention, sie sollen das Kind dazu bringen, eine gestellte Forderung zu erfüllen. Gesunde und sinnvolle Motivationen durch unsere Sprache sollten immer positiv gehalten sein. Bei andersartigen Formen schwingen unterschwellig Druck, Drohungsgebärden und Abhängigkeit mit.

Ein Beispiel: Valentin, wenn du jetzt nicht weitergehst, dann kann ich dich das nächste Mal nicht mitnehmen.
Anders, positiv formuliert würde der Satz folgendermaßen lauten: Valentin, wenn du jetzt weitergehst, dann kann ich dich das nächste Mal wieder mitnehmen!
Ein weiteres Beispiel: Philipp, wenn du jetzt deine Aufgabe nicht fertig machst, dann darfst du nicht (fernsehen, in den Hof spielen, zu deinem Freund, ...kann man viele x-beliebige Gründe haben)
Anders, positiv formuliert: Philipp, wenn du jetzt deine Aufgabe fertig machst, dann darfst du nachher gleich in den Hof zum Spielen gehen!

Manchmal drohen wir unseren Kindern vorschnell: Silvia, wenn du deine Sporttasche nicht sofort wegräumst, dann gibt es heute kein fernsehen! Anders, sachlich formuliert: Silvia, wenn du jetzt deine Sporttasche wegräumst, dann trägst du zur Ordnung im Haus bei und da bin ich sehr froh darüber! Oder: Silvia, wenn du jetzt deine Sporttasche wegräumst, dann kann ich gleich deine Trinkflasche saubermachen. Das ist wichtig, denn sonst wird die Flasche innen sehr schnell schimmlig. Oder: Silvia, wenn DU deine Sporttasche selbst wegräumst, dann hilfst du mir sehr. Danke!

****

Tagesmotivation:

Ich überlege, welche Formulierungen in meinem Sprachgebrauch üblich sind, und welche ich ändern werde. Ich fange gleich bei der nächsten Gelegenheit damit an.
Du wirst sehen, welche Freude es macht, positiv zu formulieren, wie diese Formulierungen fruchten. Du wirst Lust bekommen, weiter in deinem Sprachverhalten zu stöbern, um noch mehr alte Muster darin zu entdecken.
Wenn man sein eigenes Sprachverhalten reflektiert und zu Gunsten neuer, positiver Formulierungen ersetzt, dann wird man selbst sehr hellhörig auf Äußerungen anderer Menschen.
Es ist gut und wichtig, sich über seine eigene Sprache im Klaren zu sein.

****

Jeden Tag eine gute Tat

Wenn ich meinen Kindern lernen möchte, hilfsbereit und freundlich anderen Menschen gegenüber zu sein, dann muss ich als Vorbild handeln und lebe verstärkt meine eigene warmherzige Seite. Ich werde jederzeit freundlich und hilfsbereit einem älteren Menschen in der Straßenbahn meinen Platz anbieten, biete einer jungen Mutter freudig meine Hilfe an beim beschwerlichen Einsteigen mit ihrem Kinderwagen in einen Bus. Freundliche Auskünfte für Fragende sowie Hilfsbereitschaft und Unterstützung bei vielen „kleinen Dingen" im Alltag bei unseren Mitmenschen machen glücklich und geben das Gefühl geholfen zu haben.
Erwarte nicht von einem Kind, dass es sich wie ein Kavalier benimmt, ohne selbst in großer Selbstverständlichkeit und mit Leichtigkeit und Freude anderen Menschen gegenüber zu handeln.

Wenn ich möchte, dass mein Kind höflich ist, dann muss I C H vorher! höflich und respektvoll meinem Kind und anderen Menschen gegenüber handeln.
In alltäglichen Abläufen lässt sich noch mehr Liebe integrieren:
Ich stelle den Kakao mit einer liebevollen Bemerkung auf den Tisch: „ bitteschön, mein Schatz! „ Ich bedanke mich bei meinem Kind selbst auch sehr höflich, wenn es mir etwas bringt, hilft, oder mich zum Telefon ruft. Das „Geheimnis" heißt: respektvoller Umgang - er bezieht alles mit ein, was an positiven Attributen wertvoll ist.
Die Beispiele mögen dir vielleicht trivial vorkommen, es geht mir auch nicht um die Formulierung an sich, sondern vielmehr um das, was dahinter! steckt. Ein be-

wusst liebevoller Umgang auch in kleinen Dingen, mit viel Wärme und Ruhe, das sollte verinnerlicht sein.

Zur ganzheitlichen Gesundheitspflege gehört ein achtsamer Umgang mit unserer Sprache:

Wahnsinnig schön, irrsinnig lustig, - dass gibt es eigentlich überhaupt nicht, denn das eine Wort schließt durch seinen Sinn das andere aus. Wahnsinn und Irrsinn sind schwere Krankheitsbilder und aus diesem Grund unmöglich mit etwas Schönem und Lustigem in Verbindung zu bringen. Kontrolliere einmal, ob in deinem Sprachmuster Sätze wie: „das macht mich wahnsinnig!" oder: „ich habe einen irren Stress!", oder: „das macht mich krank!" üblich sind. Wenn ja, dann solltest du das ernsthaft ändern.

>> Sarkasmus und Ironie sollte man aus seinem Sprach- und Sozialverhalten ausgrenzen, Kinder leiden sehr unter sarkastischen und ironischen Bemerkungen.
>> Humor ist dann wirklich fröhlich und unterhaltsam, wenn niemand dabei seelisch zu Schaden kommt. Humor ist eine wundervolle Eigenschaft, die man durchaus pflegen sollte, wenn man über sich selbst wirklich gut lachen kann.
Kinder darf man niemals auslachen, auslachen tut den Kindern weh!
Über Kinder sollte man sich auch nicht lustig machen! Kinder wollen und sollen ernst genommen werden!

ZUM NACHDENKEN

Ist Geiz wirklich geil ?

Geiz ist nicht „geil", sondern eine Charaktereigenschaft, die es nicht zu fördern gilt.

Ich kaufe persönlich nicht in Geschäften mit Negativwerbung.
Ich kaufe keine Lebensmittel mit abstoßenden Bildern auf der Verpackung oder kaufe keine Parfüms Marke: Poison, ...

Sogar Firmen für Speiseeis wollen uns mit gezielt negativer Namenswerbung zu noch mehr Schleckvergnügen bringen und die Masse wird entscheiden, ob diese Verlockung gelingt. Diese Form von Werbung ist sehr tiefenpsychologisch, denn sie will uns nicht mehr ein leckeres Eis mit frei erfundenen Namen anpreisen, sondern lockt den Eishungrigen mit fragwürdigen Attributen- der das Eis regelrecht des „sündigen" Namens wegen kaufen soll.
So werden niedrige Triebe in uns unbemerkt geschürt und nur mit Achtsamkeit kommt man diesen „Spielen" aus.

Wenn es auf Kinderveranstaltungen Lieder zu hören gibt,
wie: „Männer sind Schweine",
dann sollte man sich wirklich fragen, ob man auf der richtigen Veranstaltung ist!

Offizielle Ausschreibungen von Sportveranstaltungen für Jugendliche durch die Medien (manchmal auch von Seiten eines Amtes), wollen die Jungendlichen gerne altersgemäß ansprechen und sie zum Beispiel mit „geiler Musik" locken. Bei derartigen Formulierungen vergreifen sich die Verantwortlichen in ihrer Wortwahl, die nicht wirklich zielführend ist. Das ist schade und nicht sinnvoll.

Es macht Freude, dass ICH wählen! kann, welchen SINN ich unterstützen will.

Viele „liebgewonnene" Redewendungen bieten sich im Alltag an, gründlich nach ihrem SINN überdacht zu werden.
Viele davon lohnen sich, sie gänzlich AUFZUGEBEN!

In dieses Kapitel passt auch diese Feststellung: über das Wetter zu jammern oder irgendeinen negativen Kommentar darüber zu äußern macht keinen Sinn. Gewisse unabänderbare Dinge im Leben sollten wir völlig gelassen, neutral und sachlich betrachten.
Regen ist nützlich, der Wind kann singen und die Sonne kann uns schmeicheln. Es kommt nur darauf an mit welchen Augen du die
momentane Wettersituation betrachtest.
(Okay, wenn es im Sommer zwei Wochen lang durchregnet ist ein bisschen Jammern erlaubt!)

Einkaufen, WO und WAS meine SINNE anregt!

In einem Reformhaus (Bioladen) werden Lebensmittel, Heilmittel und Kosmetikartikel angeboten, die nicht nur für die Gesundheit eine wichtige Rolle spielen, sondern auch auf dem Gebiet der Ästhetik und der Ethik.
Ästhetik: sinnliche Wahrnehmung der Umwelt.
Ethik: die philosophische Wissenschaft vom sittlichen oder moralischen Verhalten des Menschen.
Auf einem Bauernmarkt mit seinem regen, gemütlichen Treiben kann man ebenso in angenehmer Atmosphäre einkaufen. Die Verlockungen vor allem für Kinder in Form von ungesundem Süßkram und die abstoßenden Verpackungen diverser Nahrungsmittel fallen in diesen Einkaufsplätzen zur Gänze weg.
Im Bioladen verwöhnen wir uns ab und zu mit einem gesunden Gläschen frischgepressten Gemüsesaft und die Kinder suchen sich Gummibärchen ohne chemische Zusätze oder ein paar besondere Nüsse, leckere Biokekse oder etwas ganz Neues zum Probieren. Es macht Spaß, sich durch so ein feines Biogeschäft durchzukosten und das Seine zu finden.
Einkaufsstress fällt gänzlich weg, kein Beeilen an der Kasse, weil der Nächste schon drängt. Hier verweilt man in Ruhe und entscheidet mit Bedacht.
Spätestens hier wird uns wieder klar, in welchem Reichtum wir leben, wir können mit unseren Euros (der Schilling war noch mehr wert) aus einem überaus reichhaltigen Angebot wählen und kaufen, was das Herz begehrt.

Dankbarkeit pflegen

Auch diese Tatsache sollte immer wieder Anlass dafür sein, von Herzen zu danken. Dankbarkeit ist eine Tugend, die man den Kindern immer wieder offen vorleben sollte.
Wir danken im Herbst beim Erntedankfest dem lieben Gott für seine guten Gaben, das können wir alle gleichermaßen tun, egal welcher religiösen Gemeinschaft wir angehören. Es ist gut und wichtig dass wir danken! So fördern wir die Einstellung in uns, dass nicht alles selbstverständlich ist.
Wir Eltern zeigen unseren Kindern im Alltag vor, wie wir persönlich mit dem reichhaltigen Angebot an Waren umgehen, welche Einstellung wir zum Kaufen generell haben, welchen Sinn wir in bewussten Einschränkungen und Verzicht sehen und welche Werte im Leben wirklich auf Dauer Zufriedenheit bringen. Unsere Kinder brauchen unser Vorbild, dass die käuflich erwerbbaren Produkte gut und brauchbar sind, dass man ihnen aber keinen zu hohen Stellenwert einräumen sollte. Die Reichtümer des Lebens liegen nicht im Materiellen. Kindern kann man sehr gut sinnbildlich erklären, dass wir mit Geld nicht das Glitzern des Abendlichtes im See, den herrlichen Duft eines frisch gepflückten Apfels, oder den Frieden auf der ganzen Welt kaufen können.
Freundschaft, Loyalität, Mitgefühl für alle fühlenden Wesen, Respekt und Wertschätzung allen Menschen gegenüber, Hilfsbereitschaft, Zeit zum Zuhören, Liebe und ein Herz voller Frieden, Mut für sich und andere einzustehen, Bedürftigkeit erkennen und weise danach handeln, ... das sind die wahren Schätze, man kann sie nur in sich

selbst erzeugen um sie dann mit voller Freude und Ergebenheit in großem Maße zu verschenken.

Wenn wir mit Kindern Situationen erleben, in denen sie ihre positiven Charaktereigenschaften altersentsprechend einsetzen, dann gebührt ihnen Anerkennung für ihre gute Tat. Wir nehmen die positiven Handlungen nicht als selbstverständlich an und danken auch dafür. Gerne würden wir uns in dem Umstand sicher wähnen, dass Hilfsbereitschaft und Dankbarkeit selbstverständlich sind, aber wir wissen, dass es im alltäglichen Leben nicht so ist.
Wir Erwachsenen müssen uns in dieser Praxis üben, Hilfsbereitschaft, Mitgefühl und Dankbarkeit im Alltag zu praktizieren, um den Kindern wieder vermehrt ein Vorbild in diesem Daseinsbereich zu sein.

Hier habe ich für dich viele verschiedene Tipps zur Erhaltung unserer Gesundheit im alltäglichen Leben.
Für jeden Etwas zum Aussuchen:

1 Bewusster Wechsel zwischen Aktivität und Ruhe (Stille),
2 fördernde und pflegende Maßnahmen zur Persönlichkeitsentwicklung,
3 Reflektion der Tagesereignisse mit liebevollen Augen,
4 Auflösen von veralterten Verhaltensmustern,

5 Hilfe suchen und annehmen in bestimmten Lebenslagen,
6 das Gottvertrauen aktivieren,
7 Humor, Optimismus und Freude im alltäglichen Leben bewusst integrieren und ausbauen,
8 lieben und sich geliebt wissen,
9 Gelassenheit und Geduld erlernen und bewusst praktizieren,
10 emotionale Belastungszeiten klar erkennen, weder über- noch unterbewerten,akzeptieren und als positiv fordernden Bestandteil des individuellen Lebenslaufes praktizieren,
11 Höhen und Tiefphasen im Leben nicht überbewerten, ohne Maske dazu stehen,
12 Viel schlafen und während des Tages achtsam auf schlaffördernde Maßnahmen Wertlegen,
13 Gedankenkontrolle praktizieren, wann immer du Zeit hast,
14 Gesunde, vollwertige Nahrung,
15 Disziplin üben,
16 erkennen und ausleben von kreativem Potential,
17 Naturerfahrungen verstärken,
18 vielleicht noch ein bisschen Luxus in Form von Romantik und Poesie.

Einige Punkte sprechen dich vielleicht an und du wirst sie in deinen Alltag mit deiner Familie und deinen Freunden wieder vermehrt leben. Jeder Schritt- und wenn er auch noch so klein sein mag-

zählt und führt dich immer mehr in Richtung gesundes, fröhliches Alltagsleben.

DISZIPLIN

Disziplin im Leben ist eine sehr sinnvolle Eigenschaft, die es vor allem auch bei unseren Kindern wieder ein bisschen mehr zu fördern gilt. Wir sollten unseren Kindern Disziplin für sie sehr klar erkennbar vorleben, und sie unbedingt daran teilhaben lassen, aus welchen Beweggründen heraus wir Erwachsene Disziplin leben und fördern.
Im sozialen Bereich ist Disziplin sehr wichtig, um zu spüren, wie weit ich „gehen" kann, damit ich mein Gegenüber nicht „verletze".
Individualismus hat somit seine gesunde, klar definierte Grenze.
Wo ich dem Anderen schaden könnte, da ist die Grenze!
Und hier ist Disziplin sehr wichtig!

Disziplin bedeutet auch: Alles mit Maß und Ziel!

Vielleicht essen wir zuviel und wollen uns künftig in diesem Bereich ein bisschen zurückhalten? Vielleicht rauchen wir und wollen das Rauchen mit viel Disziplin aufgeben, vielleicht entdecken wir plötzlich eine subtile Art von Suchtverhalten in unserem Leben, bei dem Disziplin für gesundes Umlernen gefragt ist.

Auf jeden Fall ist es für unsere Kinder interessant, wenn wir sie an unserem Verhalten, unserem Denken und Handeln als wichtiges Familienmitglied teilhaben lassen.

Wenn Disziplin selbst zur Sucht wird, dann ist sie nicht mehr gesundheitsfördernd, weil sie sich in Fanatismus wandelt hat. Die gesunde Form von Disziplin ist niemals fanatisch und wer Disziplin in einer gesunden Form bereits lebt, verhält sich mitfühlend und verständnisvoll den Menschen gegenüber, die noch auf dem Weg sind.

Wir können den Kindern vermitteln, dass es Freude bereitet, wenn man sich selbst diszipliniert verhält. Warten können, bis man an der Reihe ist, statt frechen Wörtern, Schimpfen und Schreien, den Ärger „anders" herauslassen, ...

>> Es ist gut, erst einmal tieeeef Luft zu holen, wenn ich merke, dass ich soooo eine Wut im Bauch habe.

>> Kommt ein Kind mit einer Forderung und ich brauche noch Zeit für eine s i n n v o l l e Antwort, dann wiederhole ich die Forderung des Kindes neutral, oder ich erkläre ruhig, dass ich Zeit benötige, um über das Geforderte (Gewünschte, Verlangte), nachzudenken.

Im Allgemeinen sind wir mit unseren Worten zu schnell zur Stelle, ein bisschen langsamer und mehr Bedacht beim Sprechen, wäre zum Wohle aller Kommunizierender.

Im Alltag ergibt sich dadurch ein fröhlicheres, harmonischeres Leben. Das tut gut!

KONFLIKTE mit und unter Kindern

Im Miteinander entstehen Konflikte, wenn sich Personen im Alltag so verhalten, dass man sich in seinem Wohlbefinden ernsthaft gestört fühlt.
Sehr oft handelt es sich um Regeln, die ignoriert wurden.
Kinder sind sehr kreativ im Umgehen von Regeln, auch beim Übertreten von Grenzen, wenn es zu ihrem eigenen Vorteil geschieht. Bei anderen Kindern oder bei Eltern ziehen sie selbst sehr scharfe Grenzen.
Regeln und ihr Gebrauch müssen geübt werden dürfen, wir Erwachsenen sollten unseren Kindern Zeit dazu geben und nicht nach kurzem schon missgelaunt über die Unverlässlichkeit murren. Stattdessen stellen wir uns im Stillen die Frage, ob die gewünschte Regel für das Kind klar genug ausgesprochen wurde, ob das Kind die Regel wirklich „wahrgenommen" hat, ob für das Kind der Sinn der Regel gut nachvollziehbar ist, oder auch: macht es Sinn die Regel zu verändern, vielleicht sogar wegzulassen. Nochmaliges Überdenken und ein Vermitteln in großer Klarheit unterstützt uns.
Die Familie muss ein geschützter Rahmen sein, in dem ein Kind Fehler machen darf, denn aus Fehlern wird Enormes gelernt, wenn das Kind dabei Erkenntnisse angstfrei erwerben darf.

Wenn sich zwei Kinder streiten, möchten sie das Erlebte einem Dritten erzählen.
Der Dritte, vielleicht die Mutter, sollte geduldig zuhören, vollkommen neutral.
Für beide Kinder ist es notwendig, dass sie beide aussprechen, wie er/sie die Situation erlebt hat.

Wenn ein Kind das andere Kind unterbricht, dann wird die Mutter ruhig und sachlich feststellen, dass nun das bereits erzählende Kind an der Reihe ist, zu berichten. Die Haltung der Mutter sollte die der Mediatorin und Zuhörerin sein, sie sollte keine Partei für eines der Kinder in emotionaler Form ergreifen. Ein Kind sitzt auf dem linken Bein, das andere auf dem rechten Bein. So hat von vorne herein jedes seinen rechten Platz.
Es wird vorkommen, dass zwei, oder mehrere Kinder eine gemeinsam erlebte Situation völlig unterschiedlich wahrgenommen haben. Das ist normal, weil wir Menschen verschiedene Möglichkeiten unserer Wahrnehmung nutzen, unterschiedliche Sinne dabei einbeziehen, und somit letzten Endes, einen voneinander ganz abweichenden Erlebniseindruck haben.
Wir Erwachsene sollten nicht zu einer Lösung kommen! Das Lösungsmodell sollte vorrangig von den Kindern selbst kreiert werden - es wird ja auch von ihnen umgesetzt und gelebt und das sollte funktionstüchtig sein, Bestand haben und den Kindern situationsgerecht erscheinen.

Vor allem für das spätere Konfliktlösungsverhalten im Alter der Jugendlichen ist diese Form des Übens enorm lehrreich! Viele Jugendliche neigen heutzutage dazu, ihre Konflikte recht oft unangemessen zu lösen, weil sie von Kindesbeinen an nie die Möglichkeiten hatten, ihre Konflikte für sich und die anderen Beteiligten selbständig und stimmig zu lösen, weil ihnen durch die Freizeitangebote gewaltsame Lösungsmodelle alltäglich als normal vorgespielt werden, weil ihnen die Er-

wachsenen fehlen, die ihnen gute Modelle als Vorbild sind und noch weitere individuelle Gründe.
Wir ermöglichen unseren Kindern durch das Schildern des individuell Erlebten, das Ereignis noch einmal zu reflektieren, aufzuarbeiten und selbst dabei auf Lösungen zu kommen.
Wir Erwachsene bewerten die Schilderungen der Kinder nicht in gut und böse.
Wir bleiben im Hintergrund und signalisieren den Kindern, dass wir ihnen ernsthaft zutrauen- dass sie ehrlich dazu im Stande sind, eine eigenständige Lösung zu suchen und zu finden. Wir übergeben ihnen somit die volle Verantwortung für ihr Handeln und erwecken ihr Selbstbewusstsein und ihre Selbstverantwortlichkeit für Problemlösungen.

Hilfe in Form von Anregungen ist manchmal nur geringfügig von Nöten.

Hat ein Kind das andere verletzt - körperlich oder verbal - wird es nach einer Lösung suchen, um die Verletzung wieder gutzumachen. Das kann eine Entschuldigung sein, eine Zärtlichkeit, - echte Anteilnahme am Schmerz oder der Verletzung des anderen Kindes.
Eine Verletzung ist nicht immer sichtbar, manchmal sind die Wunden tief im Inneren verborgen.
Gelöst ist der Konflikt dann endgültig, wenn die betroffenen Kinder für sich eine für beide Seiten zufriedenstellende Lösung gefunden haben. Diese Lösung muss mit dem Gerechtigkeitssinn einer anderen Person (der Mutter, eines anwesenden Erwachsenen) nicht konform gehen.

Nicht immer ist Erwachsenenlogik sinnvoll. Kinder machen sich Konflikte kindgerecht aus.
(wenn nötig, wird das Kind vom Erwachsenen mit Bedacht und sanftem Nachdruck aufgefordert, nach einer passenden Lösung zu suchen. Auch dieser Prozess kann Zeit erforderlich machen. Geduldig sein, konsequent dranbleiben und begleiten, bei einem der wichtigsten Entwicklungsschritten im Leben - dem eigenständigen, zufriedenstellenden Konfliktlösungsverhalten!)
Kinder verzeihen im Normalfall sehr leichtmütig und wir Großen können uns dabei viel Gutes abschauen. Wir Erwachsene sind im Allgemeinen viel zu nachtragend und halten an Konflikten zu lange fest. Es sollte uns klar sein, dass dieses Verhalten ungesund ist und nur WIR es selbst ändern können.

Entschuldigungen vollkommen annehmen

Sind ernsthafte Entschuldigungen, stimmige Formen einer Wiedergutmachung gefunden worden, von beiden Seiten angenommen, dann ist dieser Akt samt dem Auslöser vollkommen und für alle Zeiten erledigt!
Man sollte sich hüten, nach gewisser Zeit alte Vorfälle wieder „auszugraben". Sinnvoll und gesundheitspflegend ist eine positive Bestrebung - anstehende, aktuelle Konflikte und Probleme zur eigenen und zur Zufriedenheit der anderen Person zu bewältigen.
Ein Konflikt ist manchmal unvermeidbar - unsere Welt- unsere Anschauungen sind so vielfältig. Entscheidend ist aber, welche Form der Konflikt-

bereitschaft ich präsentiere und auf welches Niveau ich mich dabei begebe. Unterschiedliche Gedanken verbinden sich mit den dazugehörigen Gefühlen recht rasch und geraten manchmal zu schnell außer Kontrolle. Aus diesem Grund ist **Gedankenkontrolle** so sinnvoll und das Erkennen der wahren Natur unseres Geistes. Lassen wir uns nicht von allem und jedem gleich so mitreißen. Ein bisschen Distanz, Gelassenheit und Ruhe - und schon degradieren uns unsere Emotionen nicht mehr so sehr zum Opfer oder Täter.

Wir Menschen neigen schnell dazu, jemanden als Sündenbock abzustempeln.
Realität ist, dass in Gemeinschaften verschiedene Rollen vergeben sind. Außenseiter und Sündenböcke müssen ihre Rolle aber genauso wenig tapfer tragen, wie der Clown der Gruppe oder der Begabte, der immer in den Mittelpunkt gestellt wird. Achten wir einmal darauf, wie schnell wir mit der Äußerung: „....schon wieder er/sie...", oder: „...nicht schon wieder!", zur Stelle sind und somit durch unbedachtes Handeln in der selben Schiene weiterfahren.
Jede(r) sollte Unterstützung erhalten bei seiner individuellen Entwicklung und es gibt sehr viele traurige Clowns, Sündenböcke und Außenseiter in unserer Gesellschaft. Es sollte mir bewusst sein, dass ich diesen Zustand aktiv mitverändern kann!

Wir neigen dazu, Geschwisterkinder - oder Kinder selber Altersklasse mit anderen Kindern zu vergleichen. Das ist in Ordnung, wenn die Kinder

selbst nicht dabei sind. In ihrer Nähe darf man nur über Dinge sprechen, die positiv sind und darüber hinaus die Gewissheit da ist, dass es für das Kind absolut o.k. ist, wenn ich darüber mit einer weiteren Person spreche.
Kinder schätzen auch schon eine gewisse Privatsphäre und fühlen sich verraten und verletzt, wenn man diese Regel als Erwachsener nicht beachtet.
Wenn wir von unseren Kindern Erlebnisse weitererzählen, dann schildern wir eine Situation, in der sich unser Kind in einer bestimmten Weise verhalten hat. Manchmal kommen in Situationen aber nur Teilpersönlichkeiten zum Vorschein, die - durch unser großes, emotionales Erzählen - erst an Wichtigkeit und Präsenz gewinnen. Das ist so nicht sinnvoll, denn wir drücken unseren Kindern sozusagen damit eine Art Stempel auf, den sie vielleicht gar nicht verdienen. Jeder von uns hat Charaktereigenschaften, die tief in uns schlummern. Nach situationsbedingtem Bedarf und auch durch bewussten, kontrollierten Einsatz, werden diese Teilpersönlichkeiten aktiviert und gelebt.
Wir Erwachsene sollten durch unser Alter - unsere REIFE - dazu imstande sein, unsere Teilpersönlichkeiten in einer angemessenen Form auszuleben. Kindern muss man zugestehen, dass sie das noch (lange) lernen dürfen.

Die phantastische Verschiedenartigkeit der Kinder spiegelt sich auch in Konflikten und deren Lösung. Wenn Kinder gewohnt werden, ihre Auseinandersetzungen eigenständig zu lösen, dann wird ihr Gefühl -

SO SEIN DÜRFEN WIE MAN IST und

DAS TUN DÜRFEN WAS MAN GERNE TUT -

- also das vollkommene Angenommensein gestärkt. Rivalität schwächt sich somit von allein, liebevoller Umgang wächst.
Der Prozess des Lernens ist niemals abgeschlossen, für keinen von uns!

Das Zuhause als Nest und Ort der Sicherheit erleben

Unabhängig von allen Problemen und Schwierigkeiten sollte das zu Hause für ein Kind immer ein NEST sein, aus dem es nicht flüchten muss und aus dem es auch mit großer Gewissheit nicht hinausgestoßen wird! Das zu Hause sollte eine sichere Zone - eine kleine Insel - ein Ort der Bestärkung, des Austausches, des Krafttankens und des Loslassens, sein!
Ein absolut verlässlicher, sicherer und rechter Platz zur gesunden Entfaltung, ein Ort des Heimkehren könnens in allen Lebenslagen.

Es gibt keine größere Bedrohung im Leben, als dass wir im Stich gelassen werden und völlig allein sind. Je jünger wir sind, desto peinigender ist diese Angst.

Zum angemessenen Zeitpunkt, - stimmig für alle Beteiligten - lösen sich die Kinder vom Elternhaus voller Vorfreude auf das Neue, - und sollten auch hier wieder auf volle Unterstützung bauen können, sowohl praktischer, als auch geistig- seelischer Natur.

KINDER LERNEN DURCH BEOBACHTEN

Beobachten ist eine effiziente Art der Übernahme von Verhaltensweisen im Bereich des sozialen Verhaltens.
Die wichtigsten „Modelle" dafür sind in den ersten Lebensjahren die Eltern und Geschwister, mit denen das Kind gemeinsam in einem Familienverband lebt!

Wir sollten uns einige Fragen stellen:
Sind wir Modelle für ausgeglichenes emotionales Verhalten?
Sind wir Modelle für Optimismus auch in schwierigen Lebenslagen?
Sind wir Modelle für respektvollen Umgang und Anerkennung der Freiheit von Kindern, Partnern, Freunden, fremder Menschen?
Sind wir Modelle für wertschätzendes Verhalten der Arbeit anderer Menschen gegenüber?
Sind wir Modelle für Flexibilität?
Sind wir offen für neue Erfahrungen, ohne vorschnell Urteile zu äußern?
Sind wir Modelle bei schmerzhaften Erfahrungen körperlichen oder seelischen Ursprungs?

Wenn ich Erwachsene erlebe, die im täglichen Straßenverkehr die Nerven wegschmeißen, schimpfen und mit den Händen wild um sich fuchteln,
Mütter, die ihre Zigaretten am Boden austreten und den Stummel ignorant liegen lassen,
an (Zeichentrick)filme und Videospiele für Kinder denke, in denen die pure Gewalt und Lieblosigkeit regiert - meistens sogar verherrlicht wird - dann

wird mein Wunsch nach vielen positiven Modellen deutlich geweckt. Kinder, die Erwachsene dabei beobachten, wie unbedacht und undiszipliniert sie sich verhalten, müssen zum Ausgleich viele positive Modelle in ihrem Umfeld finden, damit diese Erlebnisse nicht „normal" werden.

Gefahren durch Konsum von ungeeignetem Material

Die Wirtschaft auf der ganzen Welt verhält sich zum großen Teil sehr undiszipliniert. Gerade was auf dem Sektor Freizeitgestaltung für Kinder an furchtbarem und abscheulichem Material angeboten wird, durchzieht sich durch alle Altersstufen. Kinder können alleine nicht wählen, was gut und was schlecht für sie ist. Hier sind wir Eltern aufgefordert, sehr diszipliniert zu handeln und uns nicht von der Tatsache beeinflussen zu lassen, dass Kinder in unserer Zeit mit Videospielen und Gewaltfernsehen aufwachsen müssen, weil es sich gar nicht vermeiden lässt. Du solltest dir sehr viel Zeit zum Diskutieren nehmen, denn Kinder wollen wissen warum sie etwas nicht bekommen, was in anderen Familien doch so selbstverständlich ist.
Ich möchte dich ermutigen, stark zu sein und deinem Kind von klein auf zu zeigen, wie wichtig es ist, seine junge Seele zu schützen. Die Welt ist voller Verlockungen, wir sind mit dem Wählen des Richtigen sicherlich manchmal überfordert. Das Pflegen des Guten in uns, mit vielen uns zur Verfügung stehenden Mitteln, das macht Lust auf das Leben und befriedigt das Verlangen unserer Seele, geliebt zu sein.
Wenn wir nicht selektieren, stumpfen wir ab. Wir schütten unser Hirn und unser Herz mit Müll zu und der Sinn des Lebens verblasst immer mehr, bis wir mit Depressionen und der Möglichkeit, aus einer Vielzahl sich in diesem Fall anbietender Krankheiten, dahinvegetieren.

Sanfter pädagogischer Druck, um unsere Kinder vor dieser gefährlichen, bis heute UNABSCHÄTZ-BAREN Auswirkung auf die Seelenstruktur, zu bewahren, ist unbedingt erforderlich!

Ich sehe eine große Gefahr im Konsumieren von ungeeignetem Medienmaterial. Bis hin zur völligen Veränderung der ursprünglichen, angeborenen Seelenstruktur, halte ich durch Medienmissbrauch für möglich.
Liebe Eltern, bitte schützt eure Kinder!

In Wirklichkeit wollen Kinder Freude haben und glücklich sein und glauben, durch die momentan üblich gewordene Freizeitgestaltung zum Glücklichsein zu kommen und Freude zu erleben. Aber genau das Gegenteil ist der Fall! Kinder werden mürrisch, unzufrieden, aggressiv, gelangweilt - weil ihre Phantasie abstirbt, müde und unkonzentriert.

Berate dein Kind, nimm dir viel Zeit und gehe mit deinem Kind in ein Geschäft zum Aussuchen. Ein paar wenige Spiele sind auf dem Markt, die gewaltfrei sind und sich als Alternative anbieten. Diese Belastungen durch diese Spiele auf PC, Gameboy oder Playstation, kann ein gesunder Kinderkörper hoffentlich ausgleichen.
Hier trifft folgender Satz zu:
Zeitmangel ist Liebesmangel

Sich ZEIT nehmen ist ein großer LIEBESBEWEIS!!!

KAPITEL 3:

NERVENPFLEGE

Erkennen des eigenen Kraftpotentials

Jeder von uns hat eine individuelle Belastbarkeitsgrenze, die sich von Zeit zu Zeit aus verschiedenen Gründen unterschiedlich bemerkbar machen kann. Einige von uns werden müde, andere trinken tassenweise Kaffe, manche fangen an zu zucken und zu stöhnen. Das Wissen um das eigene Leistungspotential und erkennen und deuten lernen der individuellen Symptome bei Überschreiten dieses Potentiales sind wichtige Stützpfeiler für unsere Gesundheit. Viele Erwachsene leiden unter zu großer Herausforderung, haben permanent Stress, zuwenig kontinuierliche Ausgleichsmöglichkeiten um den alltäglichen Stress abzubauen, befinden sich in einer Mühle.
Ich weiß, dass wir ununterbrochen von unserem Schutzengel begleitet werden, denn so viele chaotische, gestresste Menschen unter Zeitdruck allein im täglichen Straßenverkehr, ist mir Beweis genug - denn sonst müsste es noch viel öfter „krachen". Wir sollten unserem ganz persönlichen Schutzengel regelmäßig „danke" sagen!
Wir belasten unsere Nerven durch unser selbstverständliches, freudloses Tun auf das Äußerste, ohne uns über die logischen Konsequenzen darüber Gedanken zu machen. Das kann nicht gut gehen.

Leisten wir viel und haben dabei reichlich Lebensfreude, ist der Energieaustausch perfekt.
Leisten wir viel, haben dabei geringe Lebensfreude und hungern von Tag zu Tag an belebenden, erquickenden, fröhlichen und sinnvollen Tätigkeiten und Ereignissen, werden wir ausgelaugt, müde, depressiv, zermürbt, stumpf, krank.

Das Zauberwort heißt: Lebensfreude!

Wir können uns noch so gesund ernähren, wenn wir nicht regelmäßig, ausdauernd und gewissenhaft auf unsere Lebensfreude Acht geben, sie in notwendigem Maße fördern, dann werden wir schwach und schwächer und landen irgendwann in einer Therapie.

Wie komme ich nun zu genug Lebensfreude im Alltag?

>>Überdenke deine tägliche Beschäftigungsform.
- machst du deine Arbeit gern?
- Wird deine Arbeit geschätzt, arbeitest du in einem Klima, in dem du dich wohlfühlst?
Wenn du diese Fragen im Großen und Ganzen mit „Ja" beantworten kannst, dann freue ich mich sehr für dich. Du bist am richtigen Platz und hast eine sinnvolle Aufgabe in deinem Leben gefunden, die dir im Alltag durch die Tätigkeit selbst genug Lebensfreude entstehen lässt. Du wirst in deiner Freizeit nicht gierig nach Betätigungen suchen müssen, die dein Leben sozusagen „stückchenweise" erfüllen.

>>Überdenke weiters, ob du deine individuellen Talente, die in dir stecken, bereits lebst. Jeder von uns hat ganz besondere Talente, manchmal schlummern sie tief in uns und müssen erst erkannt werden. Manchmal hat man vermeintlich gute Gründe, um sie nicht zu leben, - verschiebt „es" auf später. Das ist nicht gesund. Unsere Talente sind sozusagen „göttliche Gaben", die erkannt und verwirklicht werden müssen, weil sie sonst verkümmern und uns irgendwann Kummer bereiten, weil ja etwas Essentielles im Leben nicht umgesetzt wird.

Wenn du das Gefühl „Lebensfreude" nur von anderen kennst:

>>Überdenke, welche Ursachen in deinem Leben derart kraftraubend sind, das es dir an Lebensfreude mangelt. Sind es absehbare, vorrübergehende Ereignisse in deinem Leben, die besonderer Kraft bedürfen, dann wirst du vielleicht vorrübergehend Unterstützung suchen oder hast genug Reserven, diese Ausnahmesituation gesund und unbelastet zu überstehen.
Handelt es sich in deinem Leben um schwierige, kraftraubende Herausforderungen von langer Dauer, ist es sehr sinnvoll, sich Hilfe zu organisieren.
Praktische Unterstützung bei allen Tätigkeiten genauso wie alle Formen der geistig- seelischen Unterstützung. Es braucht manchmal viel Mut, Hilfe von Außen in Anspruch zu nehmen. Wenn du dich in der besagten Lebenssituation befindest, wünsche ich dir von ganzem Herzen den erforderlichen Mut!

>>Überprüfe, ob du grundsätzlich eine positive Lebenseinstellung hast, oder ist auf diesem Gebiet möglicherweise etwas zu verbessern?
Bemühe dich darum, im Alltag wieder mehr Freude an den kleinen Dingen zu finden. Wenn du an den kleinen Dingen wieder Freude hast, beglückst du dich selbst damit.
Es wird keinen wahren Sinn machen, sich in hohe Schulden zu stürzen, um in Zukunft den vielersehnten, angehimmelten Luxusschlitten zu lenken, den man sich eigentlich gar nicht leisten kann.
Gesund ist, sich nach seinen individuellen Finanzmöglichkeiten zu halten und unabhängig davon, sich an vielen Ereignissen zu erfreuen. Mitfreuen können, über das Gute und Schöne, das meinen Freunden, Nachbarn, - meinen Mitmenschen widerfährt, ist eine wundervolle Gabe.

>>Überprüfe, ob die sogenannte Durststrecke- in der du quasi mehr oder weniger nur funktionierst - immer wieder zu lange dauert. Plane mit deinem Partner! eine stimmige, zufriedenstellende Lösung zur gegenseitigen Unterstützung für regelmäßige!!, individuelle Energiespende- und Auftankzeiten.

>>Überprüfe, wie du dem langweilig gewordenen Trott in deinem Leben entgegenwirken kannst. Eine neue Strecke zur Arbeit fahren, ein neuer Haarschnitt, die Hausschlüssel ein paar mal mit der ungeübten Hand aus der Tasche nehmen und mit links aufsperren (Linkshänder mit rechts), ein neues Buch kaufen, ein neues Lokal besuchen,..........

>>Finde ein Hobby, das dir gut tut und deine Lebensfreude verstärkt. Plane dir dafür genug Zeit in deinem Leben ein. Es ist ein ganz wichtiger, entscheidender Faktor in einem Leben, möglichst viel Freudvolles zu tun!

>>Nimm dir Zeit um Freundschaften zu pflegen, die dir wirklich am Herzen liegen. Hast du eher Stress durch zu viele Bekanntschaften, dann höre in dein Herz hinein und verhalte dich demnach!
Meide Energieräuber und Dauererzähler, suche Menschen, die sich auch für das interessieren, was dir wichtig ist. Menschen, die dir zuhören !

GEDANKENKONTROLLE

Ein ganz besonders wichtiger Punkt in Richtung Gesundheitsvorsorge ist die eigene Gedankenkontrolle! Noch nie waren so viele Menschen von psychischen Krankheiten betroffen, wie in unserer heutigen Zeit, Tendenz steigend. Aus diesem Grund sind Maßnahmen, die uns vor diesem leidvollen Zustand bewahren können, unbedingt in das Bewusstsein eines jeden Menschen zu rufen.
Gedankenkontrolle ist eine sehr wichtige Maßnahme zur Vorsorge!
Ein wichtiges Anliegen in guten, fröhlichen Zeiten sollte uns sein- unseren Geist, unsere geistigen Aktivitäten - klar zu erkennen und zu durchschauen.
In Krisenzeiten ist diese Form der Achtsamkeit besonders wichtig!
Fortan „schießen" uns unendlich viele Gedanken, Impulse durch den Kopf. Gefühle verbinden sich

unwillkürlich damit! Wir liefern uns ständig an unsere eigene Körperlichkeit - verbunden mit ihrer geistigen Konstitution - förmlich aus!
Im Großen und Ganzen geschieht dieser Vorgang unkontrolliert und kann somit zum emotionellen Chaos führen.
Erst wenn man anfängt, die anfangs völlig unkontrollierbaren Gedankenströme bewusst zu verfolgen, den Zusammenhang zwischen ihnen und den damit entstehenden Emotionen zu erkennen, bewusst zu selektieren zwischen wichtig und unwichtig, zu beruhigen, dann schlägt man diesem ewigen Kreislauf ein gewaltiges Schnippchen. Man entscheidet sich sozusagen, dieses „Spielchen" nicht mehr mitzuspielen! Man entscheidet, dass man sich künftig entscheidet, auf welchen Gedanken man sich emotional einlässt und in welcher Form.
Lässt man sich nicht mehr auf alle hauseigenen Gedankeneingebungen unkritisch ein, dann ist man fortan frei von selbstgebrauten Manipulationen, die bislang durch unbewusstes Leben Leiden verursacht haben.
Wenn in einer Stresssituation die negative Gedankenspirale immer höher und höher dreht, dann springe auf und rufe laut: „Stopp!"
Es kommt darauf an, das negative Energiepotential in positive Kraft umzuwandeln! Wenn du merkst, dass du „gefangen" bist und nicht gut weiterkommst, dann hilft es dir vielleicht, wenn du den Ort wechselst. Geh hinaus, am besten ins Freie. Mach dir bewusst, wo du dich gerade befindest, wie der Boden unter deinen Füssen aussieht und was um dich herum geschieht. Hilft dir die Umgebung, dich zu besinnen, dann nimm alle

schönen Dinge rund um dich war, und sei es auch nur ein netter „Augen" blick.
Macht dich dein Umfeld noch weiter kribbelig, bleib dran und überhöre deine Signale nicht. Suche dir einen für dich noch besser geeigneteren Ort!

Beruhige deinen Geist!

Mit Hilfe von Jogaübungen, Tai Chi, Qi Gong oder vielleicht der Feldenkraismethode, kannst du enorme Unterstützung bei der Beruhigung des eigenen Geistes finden.
Ich persönlich finde im Buddhismus so eine Art Lebensschule. Hier werde ich angeleitet, die wahre Natur des eigenen Geistes und was damit alles in Zusammenhang stehen kann, zu erkennen.
Zu esoterischen Zirkeln rate ich eher ab, weil sie meist nur zur Verwirklichung des eigenen Egos verhelfen und wenig bis gar nicht das Mitgefühl und die Hilfe für andere im Auge haben. Menschen, die zu intensiv diese Art von Selbstverwirklichung praktizieren, können in Leere, Vereinsamung und Verwirrung enden, weil der Weg das eigene Ego so extrem zu verwirklichen, letzen Endes in Schmerzen enden kann. Viele esoterische Gruppierungen haben das „Göttliche" zum Thema, sie versprechen Erlösung, wenn wir uns mit dem Göttlichen verbinden. Unzählige Menschen suchen nach einer Selbsterlösung, am besten nach einer, die schnell wirkt.

Die Angebote zur Veroberflächlichung der geistigen und spirituellen Entwicklung sind nicht zu leugnen und werden auch von so manchem - ursprünglich ernsthaft Suchenden - gerne konsumiert. Wenn ich so will, kann ich sagen: man sucht dabei die Abkürzung der Erleuchtung (Erlösung).
Vielleicht auch ein Zeichen unserer Gesellschaft?
Menschen, die sich dieser sozusagen seichten, oberflächlichen Form der spirituellen Entwicklung verschreiben, werden immer wieder viel Kummer und Schmerzen erfahren.

Für mich hat sinnvolle spirituelle Entwicklung immer mit Tiefe - in die Seele schauen, zu tun.
Das erspart Kummer und Schmerzen nicht, ganz im Gegenteil, je mehr man auf seine Seele bedacht nimmt, wird man auf Verborgenes stoßen, das bewältigt, aufgearbeitet und gelöst werden will. Sinnvolle, stimmige Lösung geht aber immer mit Erlösung einher.
Das führt zu Frieden und positiver Weiterentwicklung.
Ich glaube, eines der wichtigsten Dinge im Leben ist, auf seinen GEIST Bedacht zu nehmen.
Achtsamer Umgang mit den eigenen Gedanken und die unermüdliche Konsequenz unsere geistigen Aktivitäten zu durchschauen und zu selektieren, bringt großes Heil für uns und andere Menschen.

Wir sollten sehr darauf bedacht sein, in gesunden Zeiten, da, wo wir noch nicht verzweifelt sind und leiden, schon viel Gutes für uns zu tun und unseren Geist und unser Gemüt regelmäßig in erforderlichem Ausmaß zur Ruhe zu bringen.

Die Wüstenväter

Ich habe vor langer Zeit einmal über die sogenannten „Wüstenväter" ein Buch gelesen. Es hat mich damals, wie heute sehr beeindruckt und ich finde, dass man sich aus den Erkenntnissen dieser Mönche einiges für sein eigenes Leben, das ja heutzutage um so vieles anders geworden ist, herausfiltern kann.
Die „Wüstenväter" waren gute Vorbilder in Sachen Seelen- und Gesundheitspflege durch Gedankenkontrolle. Ihre Theorien sind auch in unserer Zeit anwendbar und dienen dazu, den wahren Werten im Leben einen Schritt näher zu kommen.

Den Seelenhunger stillen

Die Wüstenväter waren christliche Mönche, die um 400 nach Christus in der Wüste in völliger Abgeschiedenheit lebten, aber selbst auch nicht vor depressiven Verstimmungen verschont geblieben sind.

Diese Mönche beschreiben Depression als Verlust der Vitalität und des Erlebnisreichtums. Ein wahrer Stillstand mitten im Leben, weil man nicht mehr so fühlen kann, wie in gesunden Zeiten.

In unserer Zeit ist es üblich geworden, nach Höher, Schneller, Weiter, Besser, Mehr zu streben, danach richtet sich der persönliche Einsatz.
Aber in unserer schnelllebigen, hochinformativen Welt kann es ebenso schnell und unbemerkt vorkommen, dass uns irgendwie das „seelische" ab-

handen kommt. Irgendwann verspüren wir dann früher oder später einmal einen sogenannten „Seelenhunger".

Diesen Zustand können wir daran erkennen, dass wir dabei in irgendeiner Form leiden.

Seele ist ein Symbol für das Innere, was wir erleben. Wir haben Hände, Nase, Mund, Augen und Ohren - und immer wenn wir etwas betasten, riechen, schmecken, sehen oder hören, dann erleben wir noch etwas mehr dabei!
Unsere Seele nimmt alle Eindrücke ungefiltert auf. In der religiösen Sprache wird die Seele als „göttlicher Keim" im Menschen beschrieben.

In einer schönen Geschichte, die von den Wüstenvätern überliefert ist, wird die Seele mit einem stehenden Wasser verglichen. (das deutsche Wort „Seele" stammt übrigens von „See").

Wenn die Oberfläche des Wassers durch Winde aufgeraut wird, ist die Tiefe nicht mehr erkennbar. Es ist dann auch nicht möglich, sich im Wasser genügend zu spiegeln.
Auf die Seele übertragen ist damit gemeint: wenn einfallende Gedanken und damit einhergehende emotionale Reaktionen einen Menschen beunruhigen, kann er sich in seinem Grund - in seiner Seele nicht mehr genau genug erkennen.
Erst wenn das Wasser wieder ruhig geworden ist, still und klar, wird es möglich, sich darin zu spiegeln und gleichzeitig ernsthaft in die Tiefe zu schauen.

Die mitleidlose Selbstbeobachtung in Stille hat die Wüstenväter davor bewahrt, das seelische Erleben selbst zu problematisieren.
Die aufmerksame Selbstbeobachtung hat dazu geführt, die einschiessenden Gedanken an sich als Problem zu erkennen und ihnen die Ursache für die LEIDEN und Verstimmungen zu sehen.

Viele Menschen pilgerten zu den Wüstenvätern um Rat. Diese versuchten Vorbilder zu sein, oder haben, was sie erklären wollten, in Geschichten erzählt.
Zusammenfassend war das Wichtigste für sie, eine Veränderung, eine Verstimmtheit der Seele vorerst anzunehmen. Geduld war ihnen keine passive Tugend, sondern vielmehr eine sinnvolle, aktive Meisterung der inneren Aufgewühltheit, der inneren Unruhe.
Das geduldige Abwehren von sich aufdrängenden Gedanken, Wünschen und Begehren, ist den Wüstenvätern leichter gefallen als es den Menschen heutzutage fällt, weil sie der optimistischen Überzeugung waren, dass das geduldige Standhalten selbst- von einem ganz besonderen Wert war und auch von einem besonderen Frieden gefolgt ist.
Ein Mönch geht sogar soweit in seinen Beschreibungen, dass Überstehen dieser seelischen, kummervollen Zeiten zu einem großen Schritt zur wahren Herzensruhe zu beschreiben.

****

Gedankendisziplin praktizierten die Mönche mit viel Selbstverständlichkeit und Ausdauer.

Auch wir Menschen in der heutigen Zeit, sollten wieder vermehrt Gedankenhygiene betreiben.

****

Tagesmotivation:

Ich ersetze „verführerische", belastende Gedanken, die mich herabstimmen, durch positive, gemütsberuhigende Gedanken. Dabei entspannen sich meine Gesichtszüge und mein Gemütszustand wird spürbar angenehmer.

****

Sobald wir Menschen die „verführerischen" Gedanken durchschauen, die sich nimmermüde durch unsere Gedankengänge schlängeln wollen, hat auch seelische Last ihren größten Druck verloren.

Wenn du traurig bist, dann weine!
Traurigkeit ist ein echtes Gefühl und steht einer depressiven Verstimmung gegenüber.
Immer wenn du traurig bist und weinen kannst, so ist das eine starke Gegenkraft zum depressiven „Tod" im Leben, der ja keine Gefühle zulässt.

Tränen sind wie ein Reinigungsbad. Weine, ohne dich zu Beherrschen und lass alles Schwere wegfließen. Achte darauf, ob jemand in deiner Nähe ist, du möchtest vielleicht niemandem etwas erklären müssen. Achte darauf, dass du frei von Selbstmitleid bleibst.

Sei offen für das Weinen deiner Kinder, weinen ist heilsam!

Das Wissen um den eigenen Tod und von den Menschen, die ich von Herzen liebe, trivialisiert was am Leben trivial ist. Es unterstützt uns dabei „ NEIN" zu sagen, zu den unwichtigen Dingen im Leben.
Lebe in Zukunft nur mehr die nicht trivialen, - die wirklich wichtigen Dinge im Leben.
Hol dir dabei Unterstützung in Gemeinschaften, das kann dir helfen, deinen Weg kontinuierlicher zu gehen, weil du Freunde und Begleiter an deiner Seite hast, die diesen Weg gemeinsam mit dir gehen.
Beginne in diesem Augenblick und verströme gute, positive Gedanken. Ein einziger Gedanke in Liebe, Verstehen und Hoffnung erwärmt dein Herz und erleichtert dir das Leben.
Viele solcher Gedanken bringen positive Veränderungen, das ist so.

****

Praktische Tipps. Leicht zum Umsetzen

Eine Mutter leistet sowohl körperlich, als auch auf geistig- seelischer Ebene Großartiges! Schwangerschaft, Geburt, Stillen erfordern auch bei äußerst positiv besetzten Erlebnissen, einen kontinuierlichen Handlungsbedarf- bewusst oder unbewusst. Nach der Geburt erleben manche Mütter das nicht Durchschlafen können als echten Psy-

choterror und geben beim nächtlichen Durchwachen Kräfte in unabschätzbarem Maße ab.
Ohne Zweifel ist das ein natürlicher Vorgang, aber ebenso natürlich ist es auch, der Mutter zuzugestehen, welche außergewöhnlich kraftraubende Aufgabe sie damit vollbringt- und nährt und unterstützt sie durch diese Anerkennung und Wertschätzung somit auf mentaler Ebene.
Wenn schon ältere Kinder mütterliche Zuwendung verlangen, hat eine Mutter über einen langen Zeitraum hinweg kaum mehr die Möglichkeit, ihr Schlafdefizit auszugleichen. Das kostet Kraft und somit Nerven. Mütter sind enorm belastbar und haben sehr gute Nerven. Wenn wir uns nervlich Unterstützung holen wollen, dann müssen wir um Verständnis für die aktuelle Situation bitten, uns praktische Hilfe im Haushalt holen, und uns einige gesundheitliche Tipps zugute kommen lassen.
Ein klassischer Tipp: verzichte vollkommen auf Kaffee! Das hilft wirklich Nerven sparen!
Kaffe putscht unnötig auf. In der Apotheke oder im Reformhaus besorgst du dir Vitamin B, auf natürlicher Basis (keine Chemie!) und dosierst es sehr hoch. Bei natürlichem Vitamin B besteht keine Gefahr des Überdosierens! Vitamin B wirkt wie ein Nervenglätter und ist zusätzlich für die Schleimhäute sehr wichtig.
Statt Kaffee gönnst du dir herrliche Tees! Das Angebot an den verschiedensten Teemischungen boomt sowieso zurzeit und macht dir die Entscheidung leicht. Probiere einfach viele verschiedene Sorten aus. Jeder Tee hat seine bestimmte Wirkung und wenn du dich für die besonders gesunde Variante aus der Apotheke oder dem Reformhaus entscheidest, dann nimmst du mit je-

dem Schluck frischem Tee auch jedes Mal ein paar Heilstoffe zu dir.
Ich möchte dich gerne dazu anregen, ein Teeliebhaber zu werden, weil ich persönlich die wohltuenden Kräfte von Tee sehr zu schätzen weiß. Eine unserer Töchter schenkte uns eines Tages einen Wasserkocher und aus diesem vorerst neutralem Küchenutensil, wurde binnen kürzester Zeit ein unentbehrlicher und sehr geschätzter Gegenstand für die gesamte Familie. Die Kinder brühen sich schnell eine Tasse zwischendurch und hängen sich einen Beutel von ihrem aktuellen Lieblingstee hinein, mein Mann und ich kochen lieber gleich eine ganze Kanne voll Tee, weil er sowieso immer von irgend jemandem getrunken wird, sowohl heiß, als auch kalt.

Wunderbare Teezeremonie zum Genießen

Wenn du das nächste Mal deine Freundin einlädst, dann überrasch sie doch einmal mit einer wirklich stimmungsvollen Teezeremonie.
Ein paar schöne Tischsets, ein paar warme Teelichter, vielleicht ein Räucherstäbchen, oder leise Hintergrundmusik, und die Entspannung ist beinahe garantiert. Es gibt so wunderschönes Teeservice aus Glas zu kaufen, wenn du erst auf den Teegenuss gekommen bist und dir ein passendes Service angeschafft hast, dann werden dir viele bekömmliche Stunden beschieden sein.

Verschiedene Teesorten und ihre Wirkung:

>>Grüner Tee ist sehr gesund und kann enorm anregend wirken, also bedenke seine Wirkung und trinke ihn nicht unbedingt spät abends, wenn du zeitig schlafen gehen möchtest.
Grüner Tee eignet sich am besten morgens und untertags als Muntermacher, man verwendet den Sud nicht nur einmal, sondern öfter. Bei jedem neuerlichen Aufgießen liefert er wieder wichtige Botenstoffe und außerdem ist er gepriesen für ein glattes, straffes Hautbild und wirkt wohltuend auf die Darmflora.

>>Früchtetee wäre ohne Aromastoffe am idealsten, man kann ihn für Kinder gut mit naturtrüben Apfelsaft mischen. Er hat viel Fruchtsäure, deshalb empfehle ich ihn immer in Verbindung mit einer Mahlzeit, oder man verfügt über einen total unempfindlichen Magen.

>>Kräutertees finde ich für den alltäglichen Bedarf am idealsten. Es ist gut, dass wir unseren Geschmack von Zeit zu Zeit ändern, denn auch Tee aus Kräutern sollte man nicht das ganze Jahr hindurch von derselben Mischung trinken. Auch bei Tee gilt: mit Maßen, denn jeder Tee hat seine individuelle Wirkung auf den Körper. In der Regel wird eine Einnahmedauer von cirka 3 Wochen von derselben Teemischung empfohlen, bei Kuren oder in Ausnahmefällen wird diese Zeit verlängert.

>>Achtung: Eistee hält munter! Vor allem Kinder, die abends ins Bett gehen sollen, sollten nach 15 Uhr nichts mehr davon trinken.

>>Reiche zum Tee keinen Zucker, sondern Honig. Er enthält viele gesunde Stoffe, die dem Körper vor allem in der kalten Jahreszeit sehr dienlich sind! Honig stärkt unser Immunsystem!
Füge den Honig erst zum lauwarmen Tee dazu, damit ihm die zu große Anfangshitze des heißen Getränkes nicht schaden kann.

Ich sammle manche von den üppigen Teekräutern gerne selbst, trockne sie im Schatten und fülle sie in Papiersäckchen. In der Jahreszeit, wenn es im Garten nicht mehr möglich ist, etwas zu pflücken, dann bediene ich mich gerne von meinen geernteten Pflanzen. Der Duft strömt mir entgegen und ich schwelge in schönen Erinnerungen.

Ich möchte dich auch darauf aufmerksam machen, dass du Tee immer sehr niedrig dosieren solltest. Es reichen wenige Blätter davon aus um einen köstlichen und wohltuenden Aufguss zu bekommen. Ein schwerer Aufguss mit zu vielen Kräutern schmeckt oft gar nicht gut und verleidet nur die Lust auf weitere Teegenüsse.

Bei der Zubereitung sollte man sich auch wirklich an die Empfehlungen halten. Manche Tees werden in Wasser angesetzt, weil sie zum Beispiel Samen oder Früchte enthalten, - und gemeinsam mit dem Wasser erhitzt. Andere Tees würden totgekocht, würde man die zarten Kräuter von vornherein mit Wasser gemeinsam zum Sieden brin-

gen. Da brüht man zuerst das Wasser auf bis es siedet, überschüttet dann die angemessene Menge Teekräuter damit, (nochmals: bitte nicht zu gut meinen!), und wartet geduldig auf den richtigen Zeitpunkt zum Abgießen. Der feine Unterschied macht Sinn!
Meine allerliebste Teetrinkzeit ist nicht nur der kalte Winter, sonder auch der Frühsommer und Sommer, wenn draußen im Garten die Teekräuter wachsen. Ich habe mir die Teekräuter bewusst in die Eingangstürnähe gepflanzt und somit werde ich rein optisch schon jeden Tag immer wieder zu einer guten Tasse Kräutertee inspiriert.
In meinem Garten wächst: Zitronenmelisse, Pfefferminze, Johanniskraut, Lavendel, Himbeerblätter, Brombeer.- und Erdbeerblätter, Indianernessel (auch Goldmelisse genannt), Schafgarbe, Thymian, Salbei, Ringelblume, Goldrute und die verwilderte Brennessel.
Ich lasse mich beim Pflücken des Tees immer gerne von meiner Lust und Laune - oder meiner inneren Stimme - motivieren. Manchmal wird es ein kunterbunter Kräutertee, manchmal haben wir Lust auf Pfefferminztee mit Milch.
Der Indianernessel sagt man nach, dass sie die Herzen erwärmt und Gemütsschwankungen aufzufangen vermag!

Heilpflanzen, selbst gezogen

Wenn du einen Garten hast, auch wenn er nur sehr klein sein mag, lohnt es sich auf alle Fälle, wenn du dir ein paar von diesen hervorragenden Heilpflanzen in deinen Garten setzt. Manche von ihnen sind sehr hübsch zum Ansehen, manche von ihnen verströmen einen herrlichen Duft, der sich auch im heißen Tee wiederfindet, andere wiederum haben essbare Früchte.
Hast du vielleicht keinen Garten aber einen Balkon oder eine Terrasse, dann besorge dir in einem Baumarkt große Pflanzgefäße, die von der Größe optimal zu deinen räumlichen Möglichkeiten passen und befülle sie mit Erde. Ich persönlich ziehe Kompost - oder Maulwurferde kaufbarer Erde vor, weil sie ursprünglicher und reich an wichtigen Mineralstoffen und Spurenelementen ist. Auch in deiner Nähe gibt es vielleicht einen fleißigen Maulwurf, der auf einer Wiese viele seiner wohlbekannten Erdhügel aufgeworfen hat. Bestimmt hat niemand etwas dagegen, wenn du dir ein paar Schaufeln davon für deine Kräuterahnzucht holst.
Höre dich in deinem Bekanntenkreis um, ob jemand aus seinem Garten Ableger für dich übrig hat, denn wer schon große Gewächse besitzt, gibt immer gerne etwas davon weiter. Nun kann der nächste Frühling kommen, und du bist bald stolze Besitzerin eines Heilkräutergartens, den du über lange Zeit mit sehr wenig Pflege nützen kannst.
Auf der Terrasse oder einem Balkon sehen die angepflanzten Heilkräuter sogar besonders verlockend aus, weil sie meistens in hübschen Grüppchen zusammengerückt werden und somit ein sehr harmonisches Gesamtbild ergeben. Wenn du

beim Vorbeigehen an deiner Minze, deiner Indianernessel oder deinem Zitronenthymian ein bisschen anstreifst, dann verströmen sie einen wunderbaren Duft, einem guten Parfüm absolut ebenbürtig.
Es gibt für Liebhaber ein paar Raritäten, wie Ananassalbei oder Schokoladenminze. Einige öffentlich zugängliche Kräutergärten besitzen diese Besonderheiten, die man dort kennen lernen kann.
Wenn du gerne noch mehr über gesunde Teemischungen und heilbringende Kräuteranwendungen in krankheitsbedingten Ausnahmesituationen erfahren möchtest, dann schaue im Buch: Krankheit aus der Apotheke Gottes von Maria Treben, nach.

Der eigene Pflanzgefäßgarten auf Terrasse oder Balkon hat gegenüber einem herkömmlichen Garten einen großen Vorteil. Du wirst bestimmt keine ungebetenen Gäste in Form von Schnecken bei dir finden, die deine jungen Pflänzchen auch so lecker finden, wie du selbst.
Hast du Freude mit deinem kleinen Garten, dann weiterst du ihn vielleicht noch aus. Suppenkräuter wie: Liebstöckel, Schnittlauch, Petersilie, Bohnenkraut, Basilikum, Dill und Rosmarin gedeihen auch wunderbar in einem Pflanzgefäß auf dem Balkon und werden bald unentbehrliche Mineralstoff- und Spurenelementelieferanten für Aufstriche, Suppen und vieles mehr, sein. Ein Butterbrot mit viel frisch geschnittenem Schnittlauch darauf ist eine echte Köstlichkeit. Jedes Kräutlein hat seine individuelle Bedeutung und frische oder getrocknete Gewürze schmecken nicht nur gut, sie unterstützen unsere Gesundheit bei jeder Einnahme ganz still und unauffällig.

So, nun habe ich dir bestimmt viel Lust auf deinen eigenen Kräutergarten gemacht, du siehst dich vielleicht in Gedanken schon beim Bepflanzen oder beim Lustwandeln durch die duftenden Beete. Jetzt bleibe ich auch gleich beim gesunden Essen und verrate dir ein Suppenrezept, dass wie ein Elixier wirken kann, weil die Zutaten frisch gepflückt von einer ungedüngten! Wiese kommen müssen. Das Rezept stammt von meiner Mutter, sie hat sich in ihrer Heimat durch ihre Kräuter- und Pilzkundigkeit einen Namen gemacht, ähnlich einem Kräuterweiblein. Wenn jemand in ihren Pilzkorb schaut, gibt es immer wieder erstaunte Gesichter, über die Artenvielfalt, die darin zu finden ist.
Meiner Mutter war eine gesunde, abwechslungsreiche Küche immer ein großes Anliegen und somit bekam ich schon von Kindesbeinen an Einblick in die Fülle wichtiger Kräuter und deren wohltuende Wirkung. Begeistert sammelte ich Kräuter zum Trocknen, stiefelte vergnügt durch den Wald um Pilze zu ergattern und verbrachte viele Stunden in unserem Garten auf den Obstbäumen. Bis auf das tollkühne Herumklettern auf den Bäumen ist mir die große Liebe zur Natur geblieben und in späteren Jahren kam noch meine aufrichtige Dankbarkeit hinzu, dass wir diese kostbaren und heilsamen Gewächse zur Verfügung haben.

Und das ist nun das herrliche Rezept (meiner Mutter) dieser viel versprechenden Kräutersuppe:

Wald- und Wiesensuppe

Zutaten: eine Handvoll Sauerampfer, eine Handvoll Löwenzahnblätter, 1o Handvoll Brennnessel, etwas Gundelrebe, Holunderspitzen, ein paar Triebe von Spitzwegerich, etwas Schafgarbe und wilder Hopfen.
Von allem pflückt man nur die jungen! Triebe im Frühling von Ende April bis cirka Anfang Juni, je nach Wetterlage wachsen die Kräuter schon früher und/ oder länger.
Man findet vielleicht nicht alle Kräuter auf der Wiese, aber bis auf den Hopfen wachsen die genannten Kräuter beinahe überall.

Zubereitung: man wäscht die Kräuter, kocht sie in sehr wenig! Wasser in kurzer Zeit weich (ca. fünf bis acht Minuten), püriert sie fein und vermischt alles mit einer cremigen Einbrenne. (Butter schmelzen lassen, mit genug Mehl verrühren, etwas bräunen = Einbrenne). Zum Aufgießen verwendet man entweder Milch oder Sahne, hernach salzen und pfeffern. Wenn du Knoblauch magst, so wie ich, dann presse noch eine kleine Zehe Knoblauch hinein.
In dieser Suppe ist die ganze Kraft der Natur enthalten, sie schmeckt ausgezeichnet und bringt allen Familienmitgliedern ein intensives Naturerlebnis nahe.

Von Zeit zu Zeit wird meine Mutter gebeten eine Kräuterwanderung für Interessierte zu veranstalten, die gerne wieder mehr über Wald- und Wiesenkräuter erfahren möchten, wie sie wirken, und vor allem auch, wo sie zu finden sind. Verständlicherweise ist es im ländlichen Wohngebiet leichter möglich eine geeignete Wiese zu finden, in der Stadt muss man dafür schon manchmal weite Wege zurücklegen, die zu Fuß nicht mehr zu meistern sind.

Wenn du den Aufwand für diese Frühlingssuppe zu groß findest, für gesunde Küche aber zu begeistern bist, dann gefällt dir vielleicht mein kinderleicht zu backendes Brotrezept:

Dinkelbrot, verdauungsfördernd

1 kg Dinkelmehl (im Reformhaus frisch mahlen lassen)
1 Würfel Germ
2 Tl. Honig
2 Tl. Salz
1o dag Sesam (aus dem Reformhaus)
1o dag Sonnenblumenkerne (-)
1o dag Leinsamen (-)
1 L Wasser

Zubereitung: Alle Zutaten sehr gut verrühren (Küchenmaschine), in eine befettete Kastenform füllen und in das kalte Backrohr auf die unterste Schiene schieben. Auf den Boden des Backrohrs ein mit Wasser befülltes Gefäß stellen. Bei 2oo C° ca. 1 1/4 Stunden backen, sofort! (sonst bleibt es zu feucht) aus der Form nehmen und auskühlen lassen.

Dieses Brot ist sehr bekömmlich, regt die Verdauung an und ist wirklich kinderleicht zu machen. Dinkel ist für den Magen und den Darm ein wichtiges und pflegendes Getreide.

Bei Sesam, Sonnenblumenkernen und Leinsamen kannst du nach Lust und Geschmack variieren, ganz wie es dir und deiner Familie schmeckt. Vielleicht nimmst du nur Sonnenblumenkerne, oder du wechselst mit Kürbiskernen und ein paar Walnusskernen ab. Wichtig ist nur, dass letzten Endes die Gewichtsmenge der Zutaten stimmt.

Dinkel sollte in keiner Familie fehlen, besonders dort nicht, wo Menschen mit der Haut und der Verdauung Schwierigkeiten haben.

Und hier noch ein köstliches Rezept von diätgeeigneten Topfenknödeln aus einem superleichten Teig, weil sie völlig ohne Butter auskommen!

Man nehme für 3 - 4 Personen:

2 Packungen Magertopfen
3 Eier
2 geh. El. Biomehl universal
2 geh. El. Dinkelgrieß
2 geh. El. Biomaisgrieß
2 geh. El. Semmelbrösel
1 Prise Salz

Die Zutaten gut verrühren und ungefähr eine halbe Stunde stehen lassen, damit das Mehl quellen kann und der Teig gut durchzieht.
Reichlich Wasser zum Kochen bringen, salzen. Das Wasser auf kleine Stufe zurückschalten, denn die Knödel sollen nur ganz leicht köcheln!
Die Knödel einlegen und den Kochtopf leicht bedecken, damit sie gut dämpfen. Achtung: Kocht das Wasser noch zu stark, schäumt es sehr und kocht deshalb leicht über!

Die Knödel kann man beliebig mit Obst, wie Zwetschken, Marillen oder Erdbeeren füllen, aber auch ungefüllt schmecken sie herrlich. Zu ungefüllten Topfenknödeln reiche ich entweder warme oder kalte Fruchtsauce, oder ich wälze sie in gerösteten Semmelbrösel und richte sie mit etwas Staubzucker an.

Die Königin unter den Suppen: Dinkelsuppe

Zutaten: 1 gr. Zwiebel, Dinkelschrot, 1 Biokarotte, etwas Sellerie, Vegetarische Suppenwürze aus dem Reformhaus, Salz, Liebstöckel, Petersilie, etwas Butter

Und so wird's gemacht: Die gewürfelte Zwiebel in etwas Butter goldig anrösten, ca. 10 Esslöffel Dinkelschrot dazufügen und mit ungefähr 1 1/2 Liter Wasser aufgießen. Liebstöckel, Gemüsebrühe, Salz dazugeben und auf kleiner Flamme 20 Minuten köcheln lassen.
Karotte und Sellerie müssen nicht unbedingt hineingeraspelt werden, weil in der vegetarischen

Suppenwürze sowieso dieses Gemüse schon enthalten ist. Ich füge es gerne hinzu, weil es mir für das Auge gut gefällt, wenn noch ein bisschen Farbe in der Suppe ist.
Vor dem Servieren bestreue die Suppe mit reichlich frischer oder tiefgefrorener Petersilie - und fertig ist die Köstlichkeit.
Diese Suppe macht müde Menschen wieder munter, sie ist ein echter Segen.

Viele Kinder lieben Brei. Von meinen vier Kindern sind drei wahre „Breitiger". Das ist sehr praktisch, denn durch die Liebe zum Breigericht kommen die Kinder immer wieder zu einer sehr gesunden warmen Mehlzeit. Man kann jeden Tag einen anderen Getreidebrei zubereiten: Hirse, Dinkelgrieß, Maisgrieß oder Polenta, Hafermark, Milchreis, - das sind unsere Lieblingssorten, allesamt aus biologischer Landwirtschaft. Getreidebreie sind eine sehr schnell zuzubereitende und hochwertige Kost und den üblichen Breien aus dem Supermarkt bei weitem vorzuziehen. (diese sind oft gesüßt und auch nicht biologisch). Breie kann man mit Honig, Nüssen, Früchten und Kakao verändern, wir essen ihn am liebsten pur, mit etwas extra Milch darüber. Wenn mein Sohn von der Schule nach Hause kommt und ich habe Brei gekocht, ruft er schon in der Garderobe freudig: „Hmmh, heute gibt's Brei!"

Ich persönlich koche zu Hause seit vielen Jahren rein vegetarisch und alle Familienmitglieder schätzen das fleischlose Essen sehr. In meiner Küche hinter einem Geschirrschranktürchen hängt ein großes Blatt Papier, auf dem ich ungefähr 25 verschiedene Gerichte notiert habe, die wir alle gerne essen. Und wenn ich einmal nicht weiß was ich kochen soll, dann werfe ich einen Blick auf meinen Schummelzettel, gehe die Liste durch - und schon habe ich ein Gericht gefunden, an das ich schon lange nicht mehr gedacht hatte. Vielleicht schreibst du dir auch deine Lieblingsspeisen auf, die über die ersten 5 Gerichte hinausgehen, dann brauchst du das nächste Mal nicht länger nachdenken, was du kochen sollst.

Ich habe hier bewusst vermieden von: „den Kopf zerbrechen" zu schreiben, denn wir wollen achtsam sein mit unserer Sprache und uns bewusst machen, was hinter üblichen Redewendungen eigentlich wirklich steckt!

Gesundes gerne essen, wie kannst du das fördern?

Wenn dein Kind gerne isst, dann wirst du keine Anregung brauchen. Hast du aber ein Kind, das ein spärlicher Esser ist, dann gebe ich dir folgenden Rat: gib deinem Kind nur sehr kleine Portionen auf den Teller und jammere nicht über seine diesbezügliche Zaghaftigkeit. Akzeptiere den natürlichen, individuellen Bedarf deines Kindes an Nahrung und traue ihm zu, dass es sehr wohl gut spürt, wie viel es braucht. Etwas aufessen, sollte nicht mit Versprechungen und Drohungen erpresst werden. In unserer Wohlstandsgesellschaft ist mir noch kein Fall zu Ohren gekommen, wonach ein (Klein)Kind durch zuwenig Nahrungsaufnahme ernsthaft krank geworden ist.
Essen sollte nicht nur „Hunger stillen" bedeuten, Essen kann immer auch Genuss sein. Durch unser reflektiertes Verhalten wird uns bewusst, ob wir selbst diese genießerische Art zu Essen vermitteln. Wenn ich meinem Kind eine Biokarotte abschäle und sie ihm auffordernd entgegenstrecke, dann knabbere ich bereits selbst genussvoll an einer anderen Biokarotte und vermittle damit unaufdringlich, wie gut es mir dabei geht.
Übrigens schmecken die kleinen, zarten Karotten viel besser als die großen Stücke, die mag ich auch nicht so gerne- und vom grünen Strunk muss auch genug entfernt werden, sonst schmeckt das letzte Stück bitter!
In dem Buch „ Mittel zum Leben", Mittel zum Heil - werden, eine außergewöhnliche Ernährungsbetrachtung von Klaus- Dieter Nassall, siehe auch unter Buchempfehlungen, werden unter anderem

alle wichtigen Getreidesorten angeführt und deren Wirkung auf unseren Körper. Zusammenhänge zwischen Gesundheit und Ernährung werden uns durch dieses hochinformative Buch wieder sehr klar und vielleicht bekommst du ja Lust, wieder einmal mit Buchweizen, Hirse oder Hafer zu kochen.

Energietanks durch Umarmung auffüllen

Eltern sind aus verschiedenen Gründen oft selbst voll Spannungen und unerfüllter Bedürfnisse. In diesem verschleierten Zustand ist es sehr schwer, ein neutrales Gefühl für die Bedürfnisse der eigenen Kinder aufzubringen. Eltern spüren ihren eigenen Schmerz, wenn sie sich öffnen. Im Zusammenleben mit Menschen, vor allem aber mit Kindern, ist es von großer Bedeutung, über seine eigenen Gefühle gut Bescheid zu wissen, Anstehendes aufzuarbeiten, sich mitzuteilen, bei Bedarf Hilfe anzunehmen. Um konfliktfreies Miteinander zu ermöglichen, muss eine Basis des Vertrauens, der Offenheit und Bewusstheit geschaffen werden. Sobald du beginnst mit deinem Kind bewusst liebevolle Berührung auszutauschen und darauf achtest, wirklich im Hier und Jetzt zu sein, dann machst du dir den Augenblick des bewussten Erlebens auch selbst zum Geschenk. Dein Schmerz wird geringer oder vergeht, weil wahre Liebe Schmerz aufzulösen vermag.
Unsere Kinder kommen bewusst und unbewusst zum Umarmen auf uns zu. Beim Umarmen geschieht ein Austausch an Energien in vielfältiger

Form auf körperlicher und geistig- seelischer Ebene. Manche Umarmende klopfen sich leicht auf den Rücken, manche pressen sich fest, andere drücken sich kurz, manche schmiegen sich an wie ein Kätzchen, andere schwenken sich bei ihrer Umarmung sanft oder übermütig hin und her, manche tätscheln sich mit einem gewissen Sicherheitsabstand, und so weiter .
Umarmungen sind nicht nur ein übliches Ritual freundschaftlicher Begegnungen, sie können Kraft geben, Trost spenden, Schwache stützen, Freude teilen, liebevolle Zuwendung sein und bewusst ausgeführt mit allem momentan seelisch Notwendigem auffüllen.
Beobachte dich einmal wie lange du dein Kind in den Armen hälst und wie lange du bei diesem wunderbaren Moment bewusst bleibst. Dein Kind kommt auf dich zu und du umarmst es liebevoll und ruhig, ohne Worte, aber mit deiner ganzen Aufmerksamkeit und Liebe. Ganz bewusst nimmst du wahr, wie lange dein Kind seine Umarmung braucht und du spürst, welche Energien warm und angenehm durch eure Körper ziehen. Du füllst dein Kind durch liebevolle Umarmung und begleitest dieses Füllen mit liebevollen Gedanken. In diesem Moment, davon bin ich überzeugt, verbindet sich deine Seele mit der Seele deines Kindes auf liebevollste Weise, ähnlich der Zeit, als dein Kind noch in deinem Körper lebte.
Manchmal kann dir diese bewusste Umarmung sehr lange vorkommen, daran merkst du auch, wie wichtig und wohltuend diese Form von Zuwendung für dein Kind ist. Lass nicht ab von deiner intensiven Aufmerksamkeit und Hingabe, bis sich dein Kind wieder von selbst von dir löst. Da-

mit machst du deinem Kind und dir ein besonderes Geschenk.
Ab dem Schulpflichtalter, wo die Belastung des Kindes oftmals grenzwertig werden kann, ist das Füllen durch Umarmung sehr energiespendend.
Für Kinder und Erwachsene, die gerne mit Symbolen und einfachen Visualisierungstechniken arbeiten, empfehle ich die Methode von der Amerikanerin Phyllis Kristall. Auch sehr hilfreich für gestresste Eltern. (siehe Buchempfehlungen)

Vielleicht sind wir gar nicht so krank wie wir denken?!

In unserer heutigen Zeit ist es üblich, vor allem unseren körperlichen Zustand regelmäßig einem Arzt anzuvertrauen. Bei unserem geistig- seelischen Befinden sind wir im Allgemeinen viel zögerlicher, bei Unstimmigkeiten ärztlichen Rat einzuholen. Zu unserem Verhalten, bei jedem schwachen Schnupfen, bei dem ersten Hustenanflug, beim kleinen Pustel am Po, oder sonst irgendwo, sofort einen praktischen Arzt zu konsultieren, halte ich persönlich für sehr übereilt. Unsere große, liebevolle Fürsorge für unser Kind ist etwas absolut Essentielles, wenn wir aber überstürzt die Heilung unseres Kindes in die Hände eines Dritten geben, geben wir auch ein großes Stück liebevoller Fürsorge mit dieser Handlung an den Arzt ab. Natürlich hat ein Arzt durch seine tagtägliche Arbeit viel Erfahrung im Bereich der Erkennung eines Krankheitsbildes und weiß um die Bekämpfung der Symptome mittels verschiedenst starker

Medikamente. Völlig außer Acht gelassen wird bei dieser Form von Behandlung oftmals nur ein sehr wichtiger Aspekt, nämlich der geistig- seelische Zustand des Patienten.
Um diesen Bereich kümmern sich auch Schulmediziner, wenn ihnen der Mensch als Gesamtheit von Körper - Geist und Seele nicht nur klar ist, sonder sie darüber hinaus aus tiefer Überzeugung und Menschenliebe immer den Seelenbereich in ihre Behandlung miteinbeziehen. Ich bin überzeugt, dass es viele dieser großartigen Ärzte auf dieser Welt gibt.

Homöopathie hilft langfristig

Hat man selbst keinen Arzt seines großen Vertrauens gefunden, rate ich dir, einen Homöopathen zu suchen. Homöopathie ist sympathisch, weil ich mit dieser medizinischen Unterstützung immer den Menschen auf allen Ebenen erfassen kann.
Homöopathie und Schulmedizin sind auch gut kombinierbar.
Wenn du dir ein Buch zur Behandlung von Kinderkrankheiten mit homöopathischen Mitteln (siehe Buchempfehlungen) besorgst, dann kannst du dir ganz sicher sein, dass es vor dir schon hunderte Eltern gegeben hat, die ihr Kind anhand dieses Buches und den darin beschriebenen Mitteln und Methoden erfolgreich durch eine Krankheit begleitet haben. Wenn du mit diesen Heilmitteln das Beschwerdebild deines Kindes aufarbeitest, dann wirst du auf eine neue Betrachtungsweise stoßen. Auf einmal wird es wichtig, das Kind ganz genau zu betrachten, es ganzheitlich wahr zu nehmen:

wie ist sein derzeitiger Gemütszustand, eher zornig, vollkommen teilnahmslos oder vielleicht sehr unruhig und nichts kann ihm derzeit recht sein?
Das sind wichtige Fragen, die dir auch ein Homöopath stellen würde. Hat das Kind in diesem Zustand ausnahmsweise Lust auf viel Saures, will es lieber kalt oder warm trinken. Hat es eher Durst, wie ist die Beschaffung des Stuhlganges und wie ist die Fieberkurve, eher am Abend ansteigend oder morgens?
Die homöopathische Form der genauen Beobachtung eröffnet einen neuen, wundervollen Bereich, sie schärft mir die Sinne für eine intensive Wahrnehmung. Als Mutter nimmst du dir viel Zeit dein Kind in seiner Individualität zu achten. Es bereitet große Freude, vom alltäglichen Tun abzusetzen, um meinem Kind mit liebevollem Betrachten unaufdringlich bei seinem Tun zu folgen. Ich halte inne, um diese überaus kostbaren Eindrücke in mich aufzunehmen, ohne sie zu bewerten, mit großer Dankbarkeit über das bewusst Wahrnehmbare. Wenn zunehmend darüber geschrieben wird, wie finanziell schwierig es heutzutage für eine Familie ist, und es Mütter gibt, die erwähnen, wie überaus reich beschenkt sie sind durch das Dasein ihrer Kinder, dann sind solche Momente gemeint, die einfach unbezahlbar und einzigartig sind!

So unterstützt du dein Kind

Bin ich nun diese wachsame Form der Wahrnehmung mit all ihren emotionalen Vorzügen gewohnt, dann werde ich auch sensibel auf das Wohlbefinden meines Kindes im Falle einer Veränderung reagieren.

Jede Unterbrechung in der Zuwendung von Nahrung, Akzeptanz und Liebe schwächt mein Kind. Ein bewusstes Wahrnehmen der Situation des betroffenen Kindes und überlegtes Handeln in Ruhe, wird dich mit großer Wahrscheinlichkeit die richtige Lösung finden lassen. Bei anfänglichen Veränderungen des körperlichen Wohlbefindens reicht manchmal viel Kuscheln, eine warme Badewanne mit Kräuterzusatz, massieren, gemeinsam spielen, beruhigendes Singen, streicheln, viel erholsamer Schlaf und geduldiges Zuhören. Wenn ich das Gefühl habe, ich sollte mein Kind auch auf körperlicher Ebene Unterstützung geben, dann sind Globuli, Schüsslersalze, Tees und eine einfache Fußreflexzonenmassage zum Entgiften der Lymphbahnen oft schon ausreichend und es lässt sich eine längere, intensivere Krankheit vielleicht damit vermeiden.

Laut Hahnemann besitzt jeder Mensch grundsätzlich selbst ausreichend Lebenskraft, um sich wieder in das verloren gegangene Gleichgewicht zu bringen. Die Störung dieser Selbstheilungskraft ist der wesentliche Grund für das Krankwerden, und diese gilt es auf sanfte Art und Weise wieder herzustellen. Manchmal bedarf es eher einer Lebensstiländerung und keiner Medikamente! Grippe vergeht von selbst, wenn du unsicher bist, dann bitte deinen Arzt um Begleitung, damit er in ver-

einbarten Abständen prüft, ob deine sanfte Behandlung Wirkung zeigt.
Ich finde die Pillenflut beängstigend, weil sie uns schwächt und abhängig macht. Auch abhängig macht, zu funktionieren. Wir sollten nicht immer funktionieren müssen, es sollten Aus- Zeiten erlaubt sein. Die zunehmende Schadstoffbelastung, auch im Freien, die Entwertung unserer Nahrung, Hektik und Stress, viele Ursachen für die Infektanfälligkeit scheinen kaum beeinflussbar zu sein. Aber wir Menschen sind unglaublich widerstandsfähig, wir können extreme Herausforderungen über einen gewissen Zeitraum bestens bewältigen, wenn ein angemessener Ausgleich da ist. Übersehen wir permanent unsere Grenzen, dann überfordern wir auch die ursprüngliche und lebensnotwendige Balance um Gesundzubleiben.
Wir sind die Vorbilder für unsere Kinder. Wir zeigen ihnen vor, wie das Leben freudvoll ist, wenn man sich in der richtigen Balance verhält. Wir zeigen ihnen vor, wie natürlich es ist, wenn man müde ist, sich wieder Kraft durch wohltuende Maßnahmen zu holen. Wir zeigen ihnen vor, dass es o.k. ist, Fehler zu machen und dass Fehler nützlich sind, weil man sehr viel daraus lernen kann. Wir zeigen ihnen vor, dass Geld und Macht angenehme Seiten im Leben hervorbringen können, wenn man mit viel Verantwortung damit umgeht, aber das wirklich Wesentliche im Leben nicht mit Geld und Macht zu erreichen ist, nämlich die Liebe und das Mitgefühl für alle Lebewesen.
Unsere Kinder sind wirklich sehr oft reizüberflutet. Aber nicht nur unsere Großen durch Fernsehen, Computer und konsumierendes Freizeitvergnügen, sondern auch unsere Jüngsten. Wir kaufen Spiel-

zeug in der Hoffnung, das es den Farbsinn fördert und die Geschicklichkeit entwickelt. Das Kind wird von frühester Kindheit an durch verschiedene, bewusst herbeigeführte Aktivitäten gelotst, mit dem Ziel es recht gut zu fördern. Ja, Kinder sind naturgemäß neugierig, wissbegierig und enorm lernfähig. Aber in erster Linie sollte das Verlangen von den Kindern ausgehen, ihre individuellen Bedürfnisse nach Erlebnissen in unterschiedlichsten Bereichen erfüllt zu bekommen. Wir Erwachsenen sollten wachsam sein und erkennen, welche bewusst herbeigeführten Eindrücke meinem Kind auf ganzheitlicher Ebene dienlich sein werden. Ich schreibe hier von bewusst herbeigeführten Eindrücken, diejenigen beeinflusse ich bewusst durch meine Initiative, unbewusst herbeigeführte Eindrücke sind solche, die entweder überraschend und nicht geplant und abwendbar von Außen kommen, oder solche, die ich persönlich zwar selbst herbeiführe, sie mir aber im Augenblick des Handelns durch unbewusstes Leben nicht aufgefallen sind.

Wir dürfen davon abkommen, unsere Kinder in eine bestimmte Richtung erziehen zu müssen, stattdessen lehnen wir uns gelassen zurück, atmen ein paar Mal tief durch, kontrollieren unsere Gedanken- sind sie liebevoll, dann vertrauen wir nun unseren Kindern mehr und geben ihnen die Möglichkeit, auf ihre eigene Weise am Leben teilzuhaben.

Die Welt ist bunt und jeder Mensch, jedes Kind ist einzigartig, jedes Kind ist wunderbar! Ja, dein Kind ist wunderbar und einzigartig, und es ist gut, wenn du dein Kind immer mit respektvollen Augen siehst!

Liebesbotschaften an dein Kind

Wenn du deine liebevollen Gefühle für dein Kind ausdrücken möchtest, dann gibt es dafür unzählige Möglichkeiten. Du hast bestimmt dein ganz persönliches Ritual, dass ihr beide liebt und immer wieder zelebriert. Eine Begegnung zwischen zwei Augenpaaren in voller Zuneigung lässt Herzen schmelzen, Schmerzen lindern, viele unterschiedliche emotionale Bedürfnisse abdecken- und dafür ist nur ein kurzer Augenblick notwendig.
Kinderohren sollten oft hören, wie glücklich es uns macht, dass sie unsere Kinder sind. Ich sage als Buddhistin, glaubend an Reinkarnation, ich bin so dankbar dafür, dass sie mich als Mama ausgesucht haben. Ich erzähle ihnen oft und gerne von der schönen Zeit als sie noch in meinem Bauch wuchsen. Die Erlebnisse dürfen für unsere Kinder sehr romantisch klingen. Kinderohren wollen hören, dass die Zeit, in der sie klein waren, sehr schön war- und dass die Zeit jetzt auch sehr schön ist, weil jedes Alter hat seine Besonderheiten! Wir sollten versuchen, keiner Zeit nachzutrauern, sondern die Zeit heute, morgen, Jetzt! - so angenehm wie nur möglich zu gestalten. Mit sehr viel Liebe und Mitgefühl, das ist der Schlüssel zum Glück!
Meine Küche ist seit ich Kinder habe, ausgestattet mit den buntesten, aufregendsten, beliebtesten Bildern und kleinen Bastelarbeiten unterschiedlichster Altersgruppen und Jahreszeiten.
Immer wieder kommt Neues dazu, muss Altes weichen. Ich liebe diese ersten Malversuche bis hin zum künstlerischen Bildnis. Ich schätze jede Form von kreativer, künstlerischer Gestaltung und

als ich noch als Kindergärtnerin gearbeitet habe, war der Bildnerische Bereich und das Werken mit den Kindern meine Lieblingsaufgaben. Es gibt kein schön oder nicht schön. Es gibt nur die Frage: „ ist es so geworden, wie du es haben möchtest, wie du es dir vorgestellt hast?"
So gibt man dem Kind viel Sicherheit in das eigene Tun und auch die damit verbundene Verantwortung, denn das Kind entscheidet, ob es sein Werk verändert.
Besondere Liebesbotschaften sind Liebesbriefe. Für die Jüngsten zeichne ich rote Herzen, oder Wolken mit darauf sitzenden Englein, oder einen süßen Teddy mit Luftballon. Meinen Schulkindern schreibe ich von Zeit zu Zeit kürzere oder längere Briefe, ganz so aus dem Bauch heraus. Manchmal steht da nur ein Satz: .... (Name des Kindes), ich liebe dich so sehr! Oder: ...., du bist etwas ganz Besonderes für mich! oder ich schreibe liebevolle Gedanken über ein besonderes gemeinsames Erlebnis. Manchmal liegt eine schriftliche Aufmunterung auf dem Kopfkissen eines meiner Kinder, oder eine lustige Gratulation, oder ein guter Wunsch. Es gibt so viele schöne Anlässe, unserem Kind eine freudige Überraschung in Form eines Briefleins zukommen zu lassen. Und wenn man will, kann man selbst einen Anlass dafür erfinden, einfach nur, weil es dich gibt!

Liebesbotschaften sind auch für Kinder schön, die sich selbst in großer Geborgenheit und Sicherheit wiegen können.
Kinder müssen sich auch in Krisensituationen sicher sein, dass sie von Herzen und unwiderruflich geliebt

werden. Kinder wollen nach einer Krise wissen: „ Ist alles wieder gut?" Und es ist sehr wichtig, ihnen vollkommen zu verzeihen, ohne jemals wieder irgendwann etwas unterschwellig nachzutragen! Jedes Problem, jedes!, hat auch eine Lösungsmöglichkeit. Das sollten wir unseren Kindern vermitteln. Egal, was passiert, ich bin für dich da! Bei mir findest du Sicherheit, ich will dich unterstützen.
Wenn Eltern in Krisensituationen aus Unbedacht ihren Emotionen freien Lauf lassen und sich
hinterher über sich selbst ärgern, oder Gewissensbisse haben, dann sollten sie den Mut haben, ihren Kindern ihr Bedauern darüber mitzuteilen. Auch bei noch so kleinen Kindern ist es wichtig, sich für falsches, unkontrolliertes Verhalten zu entschuldigen. Kinder lernen daraus, dass es normal ist, Fehler wieder gut zu machen.

Wir machen A L L E Fehler und Kinder verzeihen uns unsere Fehler, wenn wir sie ehrlich bereuen. Wahrhaftiges Bereuen und das Ausdrücken darüber, verbindet uns alle auf einer tiefen, vertrauensvollen Ebene, auf der viel Gutes gedeihen kann.

DISZIPLIN und REFLEKTION

Im Umgang mit Kindern, wenn wir nicht von vorne herein mit außergewöhnlich viel Geduld und Kraft gesegnet sind, ist Disziplin von großer Wichtigkeit. Ohne Disziplin, Reflektion und Diplomatie funktioniert ein harmonisches Familienleben nicht. Wir müssen uns nicht dressieren, aber ein ehrliches Reflektieren über unsere Handlungen im Umgang mit unseren Kindern lässt uns erkennen,

dass durch undiszipliniertes Verhalten oft viel Kummer und Leid entsteht.
Wie kommt man denn nun zu mehr Disziplin?
Einerseits kann man seine Gelassenheit trainieren, indem man sich bewusst darum bemüht, in der nächsten Krisensituation nicht mit dem Ausschütten von Stresshormonen zu reagieren.
Im Buddhismus nennt man das: Erkennen des eigenen Geistes.
Wir lassen uns von einer Situation nicht mehr völlig mitreißen, sondern entscheiden selbstbewusst über unsere Reaktion. Wenn man diese Form von Krisenmanagement übt, kommt man aus der immerwiederkehrenden, nervenden, ungesunden Opfer- Täterrolle heraus und gestaltet sich seine Zukunft aktiv und bewusst so, wie es für sich selbst und für andere am sinnvollsten ist.
Der Buddhismus lehrt dieses Verhalten in friedvoller und freudvoller Weise, Meditationen verschiedenster Art können dabei unterstützend sein. Yoga, Thai Chi und Qi Gong sind anerkannte Wege um mehr Gelassenheit und innere Ruhe zu finden.

Eine Mutter sagte mir mal, dass sie folgendes Mittel als Selbsthilfe einsetzt, wenn sie merkt, dass sie unzufrieden mit ihrem immer wiederkehrenden gereizten Konfliktlösungsverhalten ist. Sie stellt sich vor, dass sie einen ganzen Tag von Kameras begleitet wird, die ihren ganz persönlichen Familienalltag begleiten. Das motiviert sie sehr, um in ihr gut bekannten Stresssituationen gelassener zu bleiben. Vielleicht ist es ja auch eine Anregung für dich?

Begib dich ein paar Mal auf die Höhe deines Kindes und betrachte deine Umgebung längere Zeit von dieser Perspektive aus. In dieser Höhe erlebt man gewisse Umstände aus einer ganz anderen Sicht, vielleicht ändert das auch gewisse starre Sichtweisen und veralterte Verhaltensmuster.
Wir alle waren einmal klein und haben genau diese und ähnliche Dinge lernen müssen und dabei genug „angestellt". Klein sein ist manchmal schwer.

In der nächsten Stresssituation, atme ein paar Mal ganz tief und ruhig durch, begib dich in Höhe deines Kindes und lass dir Zeit zum Überlegen- und danach kannst du handeln. Es darf wirklich lange dauern, bis du eine gute Lösung gefunden hast, denn Kinder haben es selten oder überhaupt nicht eilig und stehen Veränderungen offen gegenüber. Kein Kind wird sagen: „ Mama, reg' dich schnell mal auf, dann können wir endlich weiter gehen".

Betrachte dein Kind mit liebevollen Augen, es ist ein großartiger kleiner Mensch, der geduldiges, diszipliniertes Verhalten erfordert. Humor ist nicht nur eine Gabe, sondern eine praktische Möglichkeit, komplizierte Abläufe zu erleichtern.
Es wird Lach- Yoga angeboten und diese Form sich zu erleben ist schon sehr beliebt. Vielleicht ist dieses Angebot ja auch etwas für dich?

KAPITEL 4:

BERUF, FAMILIE, GESUNDHEIT, ERZIEHUNG

- Was wünschst du dir wirklich vom Leben?

Wenn mir hin und wieder ein altes Ehepaar begegnet, dann beobachte ich die Gesichtszüge der beiden gerne, ihre Ausstrahlung, und vor allem, ob sie glücklich aussehen. Ich frage mich dann des Öfteren, wie ich/wir wohl sein werde(n), wenn wir dieses Alter erreicht haben. Viele positiven Eigenschaften, wie ich mich dann fühlen möchte, strömen mir durch den Kopf, wie: gelassen, geduldig, ausgeglichen, liebevoll, mitfühlend und weise. Gesundheit ist ein Herzenswunsch, den wir durch überlegtes Handeln positiv beeinflussen können.

Wenn wir geboren werden, dann tragen wir Lebensenergie in uns, die während des Lebens unterschiedlich genutzt, vergeudet oder geschützt werden kann. Diese Energie ist die Quelle aller Prozesse im Verlauf unseres Daseins und sie wird unterschiedlich schnell oder langsam verbraucht. Mit dem Alter, aber auch mit bekannten, selbst erfahrenen Situationen werden viele Krankheiten assoziiert. Aber das Alter an sich macht nicht krank und krankheitsbefangene Situationen nehmen in weiterer Folge nicht immer wieder den gleichen Ausgang! Die einzigen wahren Krankheiten des Alters und krankheitsbefangener Situatio-

nen sind meiner Meinung nach unüberlegtes Denken und Handeln und die daraus resultierende Angst, Depression, usw.
Ich denke mir, dass es entscheidend für das gesamte Wohlbefinden ist, auf unsere angeborene, kostbare Lebensenergie zu achten.

KEINE ANGST VOR KRANKHEIT !

Krankheiten verschiedenster Ernsthaftigkeit haben die Tendenz uns Angst einzuflößen. Wir werden unsicher in unseren Handlungen (haben wir denn überhaupt die richtigen Mittel zur Verfügung ?), reagieren nervös (eigentlich haben wir für unseren kleinen Patienten nicht genug Zeit zum liebevollen Versorgen, die Arbeit lässt sich nur vermeintlich schlecht auf.- oder verschieben, Termine stehen an, ausgeführt zu werden), können unsere Kinder vielleicht sehr schwer leiden sehen und werden dadurch selbst zum „ Opfer"
Möglicherweise tritt eine Krankheit in dieser Form zum ersten Mal auf und wir haben keine Erfahrung auf die wir zurückgreifen können. Aus vielerlei Gründen werden wir im Normalfall so unsicher, dass wir nun die Verantwortung, unser Kind wieder gesund zu machen, einem Arzt in die Hände geben. Wenn der ausgewählte Arzt der besorgten Mutter das Gefühl vermittelt, die allein zuständige Person in dieser schwierigen Situation zu sein, dann besteht die nicht unbegründete Besorgnis der Abhängigkeit bei darauf folgenden Krankheitsgeschichten.

Ich wünsche mir einen Arzt in Form eines Verbündeten! Er sollte meinen individuellen Behandlungsvorschlägen für mein Kind begrüßend gegenüberstehen, denn ich als Mutter kenne die Bedürfnisse und den Zustand meines Kindes am besten. Ein Arzt sollte sich moralisch verpflichtet fühlen, einer Mutter Selbstvertrauen in krankheitsbedingten Ausnahmesituationen zu vermitteln, ihr dabei mit gutem Rat durch viel Erfahrung auf seinem Gebiet zur Verfügung stehen.
Ein Arzt, der mich persönlich bei Krankheiten einer meiner Kinder in dieser wünschenswerten Weise begleitet hat, war immer ein Homöopath oder ein Schulmediziner mit Sinn für alternative Behandlungsmethoden aus ganzheitlicher Sichtweise.

Krankheiten akzeptieren!

Krankheiten können uns sogar dienlich sein, davon bin ich überzeugt!
Leichtere Krankheiten, wie bronchiale Katarre bezeichne ich als „ inneren Hausputz". Wir werden durch Krankheit immer wieder zur nötigen Ruhe gezwungen, weil wir im übervollen Alltag kaum mehr zur nötigen Ruhe kommen. Ruhe und Stille in unserem Leben sind aber von wirklich unschätzbarem Wert!! In vollkommener Ruhe und in Stille kommt unsere innere Stimme deutlicher zu Wort, und das ist sehr sinnvoll, weil unsre innere Stimme ein guter Wegweiser für unsere Zukunft ist. Ruhe und Stille sind zwei wichtige Ausgleichkomponenten, die man regelmäßig in seinen All-

tag einbauen sollte, um nicht ständig gefordert zu sein. Viele von uns Erwachsenen funktionieren gut, wir sind sehr belastbar. Ich halte es nicht für ein anstrebenswertes Dasein, immer nur zu funktionieren, das von außen, oder von mir auferlegte Pensum an Arbeit strebsam, aber blind zu erledigen. Wo bleibt denn da das lebenswerte Leben, mit seiner Unbeschwertheit, Fröhlichkeit, seinem Abwechslungsreichtum und seiner großen Lebensfreude?
Im Alltagstrott werden wir leicht stumpf und spüren unsere Grenzen für das gesunde Maß nicht mehr. Das macht uns dann sehr empfänglich für die aktuellen Bakterienstämme und Viren, die in unserer nahen Umgebung auf Verwirklichung warten.
Oder wir hören oder lesen zweifelhafte Verheißungen, wie: „Achtung! die Grippe ist wieder im Anmarsch!" - und glauben daran.
Die Folge davon ist Geschichte!
Wenn wir bei einer Grippe hinter die Kulissen schauen, ernsthaft prüfen, was die seelischen Ursachen für mein Darniederliegen und Leiden sind, dann habe ich den ersten Schritt zur dauerhaften Gesundung bereits getan und der Körper wird folgen.
Wir setzen sozusagen bei den Wurzeln an und bekämpfen nicht die üblen Symptome, sondern erfahren unseren Körper als untrennbare Einheit von Körper, Geist und Seele.
Mit positiven Affirmationen, wie: mein Körper reagiert großartig (super, spitze, phänomenal), ich reinige mich komplett. Ich gönne mir nun Ruhe, die ich mir vorher verwährt habe, das tut gut, das

ist in Ordnung und wichtig. Ich liebe meinen Körper.
Es hat mich sehr gefreut zu hören, dass ein Computerprogramm auf den Markt kommen wird, das die Menschen, die viel am PC arbeiten, von Zeit zu Zeit von diesem Programm automatisch dazu aufgefordert werden, sich zurückzulehnen, durchzuatmen, zu entspannen. Ganz klar, dass die Menschen, die dieses Programm installiert haben werden, wesentlich gesünder leben, als andere.

RUHE und STILLE als WOHLTAT

Unsere Kinder sind sehr gefordert und kein Kind auf der Welt ist immer nur gesund. Krankheiten gehören zum Leben, weil wir uns und unsere Kinder nicht immer vor allem beschützen können.
Für uns Mütter/ Eltern gibt es eine wichtige Funktion als Vorbilder. Wenn wir Erwachsenen Ruhe und Stille in unser Leben als wichtigen Faktor integrieren, sollten wir auch darauf achten, unseren Kindern Ruhe und Stille in angemessenem Maße zu ermöglichen.
Wenn unser Kind intensiv spielt, sollten wir es dabei nicht stören! Wir unterbrechen sonst den natürlichen Fluss einer gesunden Tätigkeit. Das erfordert natürlich große Achtsamkeit von meiner Seite.
Ich verhalte mich ruhig und zurückhaltend, bis mein Kind sein Spiel beendet hat. Vielleicht möchte es seinen Tagträumen nachgehen, vielleicht gatscht es gerade mit allen Sinnen in einem dreckigen Erdloch, oder es steht auf einem Bein und übt versunken. Halte dich zurück mit Kommenta-

ren, ein kleines Kind muss auch immer wieder einmal Dinge tun dürfen, die wir Eltern nicht begreifen und/oder gutheißen! Manches Verhalten deines Kindes kommt dir vielleicht fremd vor, da hilft es gut, wenn man sich erinnert, dass man auch ein Kind war, und dass man damals mit großer Wahrscheinlichkeit auch unverständliches Verhalten an den Tag gelegt hat.

Respektvolles „Begleiten" und achtsamer Umgang in der Erziehung

In welche Richtung er-ziehst du dein Kind? Soll es brav sein und folgen, soll es sich immer gut gegen andere verteidigen und durchsetzen können, soll es möglichst viel Selbstbewusstsein haben? Soll es zeitig auf den Ernst des Erwachsenenlebens vorbereitet werden?
Kinder brauchen sehr viel Freiraum! Gesunde Nahrung, auch geistiger Natur mit viel respektvoller Wahrnehmung, und liebevolle Zuwendung von anderen Menschen. Ein Kind darf aber nicht vollgestopft werden, weder mit Vitaminen, noch mit Informationen, denn das führt geradewegs in Verwirrung und Ablehnung.
Zur respektvollen Wahrnehmung gehört auch, dass ich im Allgemeinen meinem Kind die Wahl zwischen Aktivität und Ruhe überlasse, weil ich ihm zutraue, dass es selbst spürt, wie es dies möchte. Ein Kind muß nicht fortwährend angeregt werden.
Die individuelle Eigenart unseres Kindes sollte erkannt und positiv begleitet werden. Wenn dein Kind deiner Meinung nach sehr musikalisch ist, möchtest du vielleicht, dass es frühzeitig Klavier-

unterricht bekommt, um sein Talent zu fördern. Es ist richtig, seinem Kind die wunderbare Welt der Musik nahe zu bringen, entscheiden muss es aber frei von emotionalen Manipulationen, ohne Verpflichtung, „ weil Mami sonst ganz traurig ist! „ Kein Kind will seine Mami traurig machen, somit wurde die Entscheidung, Klavierunterricht zu nehmen, erpresst.
Kinder müssen in sicherer, vertrauter Umgebung selbst ausprobieren, entscheiden und wählen dürfen. Es muss in kindgerechten Situationen die völlige Entscheidungsfreiheit haben, frei von subtilen, emotional mitschwingenden, unausgesprochenen Einflüssen. Wenn es etwas nicht mag, muss das Kind ohne ein schlechtes Gewissen haben zu müssen, sein Unbehagen aussprechen dürfen. Eltern müssen akzeptieren, dass die Wahl des Kindes nicht mit ihrer eigenen Vorstellung konform geht, das ist ein sehr wichtiger Entwicklungsprozess für uns Erwachsene.
In einer unsicheren Umgebung hingegen, wirst du deinem Kind die Möglichkeit der freien Wahl nicht geben können. Ein Beispiel dafür ist die alltägliche Verkehrssituation. Einem Dreijährigen kann ich nicht die Wahl lassen, wie es am Verkehrsgeschehen teilnimmt, hier haben wir es mit einem gefährlichen, flexiblen und verwirrenden Sachverhalt zu tun, die einem Kind diesen Alters nicht zuzumuten ist.
Aus diesem Grund nehme ich es an der Hand oder halte mein Kind bewusst kontrolliert in meiner unmittelbaren Nähe.
Eine sichere, vertraute Umgebung ist zum Beispiel der eigene Garten, oder ein Spielplatz, den Mutter und Kind gut kennen. Hier traue ich meinem Kind zu, seine Fähigkeiten selbstbewusst einzusetzen. Es darf klettern so

hoch es sich das Klettern zutraut, es darf schaukeln, so hoch es will.

Dein Kind in Aktion - wie reagierst Du?

Bei vielen Müttern erlebe ich großes Unbehagen beim übermütigen Herumtollen ihrer Kinder. Manchen davon ist Vieles zu gefährlich, weil es zu hoch ist, anderen Müttern ist es viel zu wild. Wie kann ich mir bei derartigen Gefühlen helfen? Gib deinem Kind die Verantwortung für sein Tun voll Vertrauen in seine Fähigkeiten und unterstütze es wieder mit guten Gedanken. Du stärkst das Selbstbewusstsein deines Kindes, indem du ihm freundlich klarmachst, dass es in seine eigene Grenzen hineinspüren muss. Wenn sein Freund noch höher klettert als es selbst, muss „ höher" ja nicht selbstverständlich auch gleich „ besser" bedeuten. Versuche dich in „ neutralen „ Bekundungen, wie zum Beispiel: „ Ich sehe, du bist sehr schnell!" Kinder, die gewohnt sind, ihre eigenen Grenzen ohne schlechtes Gewissen haben zu müssen, ungezwungen auszuleben, machen dabei erstaunlich wenig Fehler. Kinder, die oft zu hören bekommen: „ Klettere nicht so hoch, du wirst noch herunterfallen!", verletzen sich hingegen viel öfter.

Wenn sich ein Kind beim Spielen verletzt, dann lernt es intensivst die Zusammenhänge kennen, wenn du es möglichst von dir aus n i c h t belehrst! Schenke deinem Kind deinen liebevollen Trost voll Ermutigung. Fehler m ü s s e n erlaubt sein!

Ohne kritische Feststellung, wie zum Beispiel: „ ich habe es dir doch gleich gesagt , dass du dir weh tun wirst!", erleidet dein Kind zu seiner ganz persönlichen Schmerzerfahrung nicht zusätzlich auch noch einen emotionalen Schmerz durch eine Vertrauensperson.

„Ich bin überzeugt, du steigst nur so hoch, wie du dir auch ganz sicher bist!", stärkt das Vertrauen des Kindes in sein eigenes Gespür was „ richtig" ist.
Dass Kind schätzt sich dadurch selbstwissend ideal ein! Wenn ein anderes Kind ruft: „ Ich bin höher als du!", dann wird es nicht zu einem unsicheren, gefährlichen Kräftemessen herausgefordert, weil es mit sich und seiner Leistung in Einklang- und somit zufrieden ist.
Höher muss nicht besser bedeuten, Vergleiche sind dann gut, wenn sie wohlwollend sind. Betrachten - benennen, ohne Neid, ohne Beurteilung in gut oder schlecht! Das ist eine gute Formel für friedliches Miteinander voll Anerkennung für die individuellen Fähigkeiten des Anderen.
Jeder macht das, was er im Moment für richtig hält.
Bekommt ein Kind in seiner individuellen Entwicklung genug liebevolle Zuwendung, hat es reichlich Anerkennung, werden auch seine „ dunklen Seiten" angenommen, wird es zu einem sicheren, unmanipulierbaren, selbstbewussten jungen Menschen und Erwachsenen. Zu angepasste Kinder, die vor allem das tun müssen, was den Wünschen und Illusionen der Eltern entspricht, werden sich abzukapseln versuchen und ihr wahres Leben im Geheimen verwirklichen.

Hinter einem äußeren Erscheinungsbild von sozialer Angepasstheit, verbirgt sich dann Misstrauen und Vereinsamung, und die ewige Suche nach etwas Unauffindbarem.

Grenzen und Freiheit !

Es ist gut und sinnvoll, wenn Eltern spüren, wann sich ihr Kind beim Balancieren an ihnen festhalten will und wann es ohne Hilfe laufen möchte. Diese respektvolle und achtsame Haltung dem Kind gegenüber, lässt den gesunden Eigen - Sinn des Kindes entfalten. Kann das Kind seine individuellen Bedürfnisse wahrnehmen, unterstützen wir es dabei, entwickelt es ein großes Gespür für Freiheit und Grenzen! Aus dieser gesunden Freiheit heraus, kann das selbstbewusste Kind dann auch sehr gut den Anderen wahrnehmen und ihn auch nach dessen Möglichkeiten entfalten lassen. Grenzen aufzeigen zum reinen Selbstzweck, erweckt Unverständnis im Kind und sollte im Alltag vermieden werden. Fremdbestimmte Grenzen haben Erklärungsbedarf und sollten letzten Endes immer zum Wohle aller Betroffenen sein.

Ich schreibe in meinem Buch soviel über liebevolle Zuwendung und die Notwendigkeit, unseren Kindern möglichst oft freie Entscheidung zu lassen. Es sollte aber nicht der Eindruck entstehen, ich setze mich für eine antiautoritäre Erziehung ein.

Grenzen sind überlebenswichtig!
Absolut notwendig für eine dauerhaft gut funktionierende Gemeinschaft.

Wenn ein Kind andauernd über alle Maßen die klaren Grenzen ignoriert - ohne Rücksicht auf Dritte, seine Konflikte unangemessen löst - wobei Dritte im Zusammenleben ernsthaft darunter leiden, dann spricht man von einer Verhaltensauffälligkeit.
Diese Beurteilung „verhaltensauffällig" sollte ausschließlich den Zweck verfolgen, einem Kind (einer Person) zu helfen!

****

Wir Erwachsene müssen unseren Kindern ausdauernd und geduldig dabei helfen, Grenzen einzuhalten. Wir sind für das richtige Maß an **WAS, WANN** und **WIE** in der Erziehung verantwortlich! Mit der Geburt unseres Kindes haben wir diese Verantwortung auferlegt bekommen.

****

Immer wieder erlebe ich Mütter, die ihre Kinder von ganzem Herzen lieben und ihnen nur das Beste tun wollen. Sie erlauben ihren Kindern aus blinder Liebe oder Unklarheit über die Folgen ihrer unkonsequenten Handlungsweise mehr, als für die gesunde Entwicklung Ihrer Kindern wirklich dienlich ist.
Manche sehen das permanente, Grenzenaustesten ihres Kindes nur als angeborene Lebensenergie, die sich langsam und allmählich durch das Leben selbst erst in die entsprechenden Bahnen regeln wird. Diese Mütter sehen sich nicht verantwortlich für das umgängliche Maß, weil ihre eigenen Grenzen der Belastbarkeit weit über das übliche Maß hinausgehen und sie somit das Verhalten ihrer Kinder persönlich als durchaus akzeptabel finden.

Da diese Kinder von ihren Müttern derart ungelenkt aufwachsen, stoßen sie mit ihrem ungezügelten Verhalten im Allgemeinen überall und immer wieder sehr stark an. Nur die klare Einsicht der Mutter über notwendige Veränderungen in der Sichtweise und dem Handeln in Bezug auf erforderliche Grenzen, können dem Kind viel weiteren, unnötigen Kummer ersparen. Diese Kinder befinden sich in einem bedauernswerten Zustand, weil sie sozusagen zwischen zwei Stühlen sitzen.

Andere Eltern wiederum sind durch ihr vielleicht etwas angegriffenes Nervenkostüm, durch Ungeduld oder unachtsames Handeln vorschnell mit Strafen oder Verboten bereit. Die im Affekt, unüberlegt herausgerufenen Strafen und Verbote, werden in ihrem ursprünglichen Ausmaß oft nicht eingehalten. Für die Großen gibt es zum Beispiel eine Woche Fernsehverbot oder Hausarrest, für die Kleinen vielleicht keinen Lieblingsvideofilm mehr am Abend, oder keine Naschereien.
Aber die Kinder sind ausdauernd im Bitten und Betteln, Mama wird weich und gibt auf." Aber das nächste Mal,....." wird noch gedroht, mehr nicht.
Kinder lernen schnell daraus, wie sie auch nach groben Regelverstößen, durch stetes Bitten und Betteln rasch zu ihrem gewünschten Ziel gelangen.

Was kann uns in der Erziehung nun helfen wichtige Grenzen zu vermitteln?

7 wichtige Grundregeln

1 Kinder brauchen äußerste KLARHEIT bei den Regeln im (Familien) Leben.

2. Die Sinnhaftigkeit muss erkennbar sein.

3 Kinder brauchen KLARHEIT über die Konsequenzen bei Verstößen!

4 Konsequenzen sollten für das Kind klar nachvollziehbar sein.
Ein gut erkennbarer Zusammenhang zwischen Fehlverhalten und Konsequenzen besteht.

5 Die Intention für Konsequenzen sollte immer zum Wohle des Kindes sein, und nicht aus Wut und Ärger.

6 Die Konsequenzen sollten immer im Rahmen des Angemessenen sein und nicht überdimensioniert!

7 Eltern sollten im Allgemeinen selbst sehr konsequent beim Einhalten der ausgesprochenen Konsequenzen sein!

Eisernes, stures, Regeleinhalten ist aber sicher nicht zum Wohle der Kinder. Vielleicht gibt es nun ein bisschen Verwirrung, aber auch beim Grenzen setzen ist Flexibilität gefragt! Was heute noch eine wichtige Regel war, kann am nächsten Tag unwichtig sein. Kinder sollten den Grund einer Regelveränderung entweder miterleben, oder darüber genau informiert werden, als wichtiger Teil einer Familie.

Regeln sind sinnvoll und ermöglichen uns ein fröhliches Miteinander. Regeln kann man positiv sehen und vermitteln!
Regeln machen Spaß, weil sich jeder auskennt und darauf verlassen kann.
Regeln und Grenzen sind zu meinem Schutz und zum Schutz für Andere. Das ist gut so!

Erfülle dein Leben mit Sinn !

Wer sein Leben voll SINN erlebt, tut sehr viel für seine Gesundheit. Viele Eltern erleben ihr eigenes Leben beruflich und/oder privat als wenig sinnvoll und vermitteln diesbezüglich bewusst oder unbewusst an ihre Kinder mannigfaltige Informationen weiter.

Wir Eltern sind Vorbilder in jedem Bereich!

Kümmern wir uns achtsam um unser eigenes Leben- entwickeln wir selbst auch wieder einen gesunden Eigen - Sinn, der uns in jungen Jahren abhanden gekommen ist, so werden wir positive, freudvolle Energien leben und vermitteln. Gesunder Eigen - Sinn ist immer dann wirklich gesund, wenn man - wissend um die Notwendigkeit, anstehende Veränderungen aktiv angeht (schmerz-

volle Abschnitte nicht ablehnend) - und letzen Endes ein zufriedenstellendes, s i n n v o l l e s Leben möglich wird. Menschen mit gesundem Eigen - Sinn legen Wert auf intakte Gemeinschaften, fruchtbare Kommunikation, wertschätzendes, respektvolles und gewaltfreies Miteinander. Mitfühlendes und offenherziges Verhalten ist ihnen eigen.
Sinn kann von keinem Arzt verordnet werden, Sinn kann nur selbst gefunden werden.

Was kann uns dabei helfen?

Sehr hilfreich erscheinen mir konstruktive Gespräche, viel schöpferisches Gestalten eignet sich wunderbar dafür-
übrigens: es gibt kein Kind, das falsch singt oder nicht schön malt oder töpfert!!
Wir alle machen es auf unsere individuelle Eigen-Art und diese Art ist o.k.!!
(Wer noch Zweifel daran hat, schaue sich eine Ausstellung der modernen Künste an!)
Zum finden von Sinn im Leben kann Freude an Bewegung viel Gutes bewirken, aber meiner persönlichen Erfahrung nach auch viel Stille, Geduld und Meditation. Ich finde es auch sehr hilfreich, sich über die Begrenztheit unseres Lebens Gedanken zu machen. Wenn wir die Endlichkeit unserer Zeit gegenwärtig vor Augen haben, dann ändern sich Bedürfnisse und Absichten. Entscheidungen erscheinen in einem anderen Licht, wenn man den Tod nicht verdrängt.
Der Weg zu Gott ist ein äußerst s i n n v o l l e r , freudvoller Weg und ich möchte hier in meinem Buch auch alle Mamas, die keiner bestimmten

Religion angehören, ans Herz legen, mit ihren Kindern göttliche Gespräche zu führen. Es darf wirklich ein ganz persönliches Gebet, ein von Herzen kommendes Bitten um Hilfe, um Gesundwerdung eines lieben Menschen, oder um Beistand in einer schwierigen Lage sein.
Gebete sind ein großer Segen, den manche von uns vergessen haben. Mit Gebeten können wir aktiv einen wichtigen Beitrag zum Wohle aller leisten.
Eine unerschöpfliche Quelle für Gesundheit ist der Glaube an Gott!

Ich denke, früher oder später kommt für jeden von uns die Zeit, wo wir uns mit Gott wieder mehr auseinander setzen werden. Wo waren wir, bevor wir geboren worden sind, welche Kraft und Energie umgab uns damals? Wie denken wir über den Tod? Haben diese Gedanken mit Gott zu tun?
Wir leben hier auf dieser winzigkleinen Erdkugel, umgeben von einem gigantischen Universum, das uns die Endlosigkeit verdeutlichen kann.
Jedes Menschenleben ist durch den Tod begrenzt.
Wenn wir uns über kleine Dinge im Leben ordentlich aufregen, schnell gekränkt und beleidigt sind, über andere Menschen zornig und verärgert denken, andere manchmal verletzen oder belügen, zu Launen neigen, dann könnte uns die Tatsache der unabschätzbaren Begrenztheit unseres eigenen Lebens und derer die wir lieben vielleicht Anstoß dafür sein, uns schnell wieder zu besinnen, zu beruhigen und die Zeit besser zu nützen.
Menschen, die dazu neigen, undankbar und unzufrieden in ihrem Leben zu sein, sollten vielleicht einmal einer Onkologiestation einen Besuch ab-

statten, oder sich beim Roten Kreuz als Freiwilliger Helfer bewerben. Diese Eindrücke und Erfahrungen lassen niemanden kalt und können dazu führen, das eigene Leben wieder mehr zu schätzen und gelebte, zu überschäumende Emotionen künftig weiser und gesünder zu halten.

Reize und Schuldenfalle

Fernsehen, Computer- und Videospiele, moderne Medien haben nahezu in jeder Familie die Herrschaft über uns durch magische Anziehungskraft. Ziemlich aufschlussreich ist eine Studie aus dem Jahr 2oo3, woraus hervorgeht, dass von 200 befragten Kindern, im Alter zwischen 6 und 14 Jahren, beinahe die Hälfte der befragten Kinder einen Fernseher im eigenen Zimmer hat. In dieser Altersklasse kommen nur 12 Prozent ohne eigenen Computer aus und Handy besitzt jeder Zweite. Laut Studie übernehmen die anfallenden Handykosten zu 82 Prozent die Eltern.
Zeitgleich fordert die Arbeiterkammer eine verpflichtende Verbraucherbildung in österreichischen Schulen, weil die Zahl der verschuldeten Jugendlichen rasant ansteigt. Im Jahr 2oo2 waren bereits 27.ooo Jungendliche bei Versand- oder Kaufhäusern verschuldet.
Durch eine sogenannte Verbrauchererziehung sollen die Schüler auf das Berufsleben und ihre spätere Lebensbewältigung vorbereitet werden.
Ich denke folgendes: Ich bin glücklich über die Unterstützung von Außen für diese für junge Menschen äußerst verwirrenden und verlockenden

Angebote, aber ich halte sehr viel davon, dass uns Eltern klar wird, dass vor allem wir! Verantwortung übernehmen müssen. Wir sind aufgefordert, aus diesem unüberschaubaren Angebot an Waren, gemeinsam mit unseren Kindern eine Lösung zu finden.

Eines sollte uns klar sein:
Fernsehen frisst durch die bewegten Bilder unsere komplette Aufmerksamkeit. Jeder Film, jede Szene prägt uns wissentlich und unwissentlich auf eine gewisse Art und Weise. Bei Überkonsum kann es zu unterschiedlichsten Störungen des Kindes kommen und ein Überkonsum ist schnell erreicht. Eine unterschwellige Gespanntheit, Unzufriedenheit, Phantasielosigkeit, fallen auch in den Bereich S I N N -losigkeit!

Bei Kindern kann das Fernsehen eine aggressive Verhaltensweise auslösen, die Immunabwehr wird geschwächt und die Entstehung eigener innerer Bilder wird komplett unterdrückt. Wir brauchen aber dringend viele innere Bilder zu unserer gesunden individuellen Entwicklung, wir alle, auch die Erwachsenen!
Viele Kinder sehen zuviel fern! Ich sage es ganz unverblümt, die Kinder brauchen dringend unsere Hilfe, Führung und Begleitung auf diesem Gebiet.
Fernsehen ja, aber zeitlich und inhaltlich begrenzt!

ERLEBNISPÄDAGOGIK ist gefragt!

Weg vom Fernseher, weg von der Playstation! Aber WIE?

Das funktioniert am wirkungsvollsten durch Erlebnispädagogik!
Eltern denken sich aus, was sie mit ihren Kindern unternehmen könnten:
a schwimmen gehen,
b eine Radtour machen,
c Eishockey spielen, Eislaufen ,
d Pilze sammeln,
e ein Konzert genießen,
f einen Tierpark besuchen,
g Fußball oder Badminton oder Tischtennis spielen,
h einen Töpferkurs zu zweit belegen,
i gemeinsam musizieren,
j ein besonders Gesellschaftsspiel spielen,
k eine Wanderung entlang eines Wasserfalles, Baches oder Sees zu unternehmen,
und so weiter ....

Manchmal ist sanfter pädagogischer Druck erforderlich, aber wenn die Kinder den Ersatz für das Fernsehen und das Playstation Spiel freudvoll erleben, dann hat man nicht nur ein harmonisches Familienerlebnis gehabt, sondern auch einen vernünftigen Schritt in Punkto Gesundheit unternommen und ein Kind für weitere positive Erlebnisse stimuliert.

Eltern sollten selbst interessierte Gesprächspartner zum Austausch von ihren eigenen unterschiedlichen Erlebnissen, Erfahrungen, Sorgen und Problemen haben. Die Kinder sind nicht für ihre Sorgen und Probleme zuständig! Alles was uns aufwühlt und emotional fordert, kann durch ein konstruktives Gespräch gemildert werden.

Lieber hübsch als zu dünn

Die schlanke Mutter begutachtet sich regelmäßig im Spiegel, dreht und wendet sich und nörgelt an ihrem Äußeren herum. „Ach, ich muss unbedingt wieder ein paar Kilo abnehmen, ich bin viel zu dick da um die Hüften", hört das Kind seine Mutter von Zeit zu Zeit sagen. Das kann unbedachte Folgen haben. Gerade junge Mädchen sind sehr hellhörig für die Interpretationen der Figur eines ihrer wichtigsten Menschen im Leben.
Schon junge, gertenschlanke Mädchen greifen sich auf den flachen Bauch, zupfen an sich herum und finden, sie wären viel zu mollig. Junge Menschen sind sehr beeinflussbar und empfindsam was Bemerkungen über Gewicht und Aussehen angeht.
Kaum ein junges Mädchen berührt dieses Thema nicht. Unbedachte Äußerungen über die Figur eines Menschen können gerade in Jugendjahren zu Krankheiten wie Bulimie und Magersucht des Betroffenen führen.
Schlanksein scheint nicht nur wegen des äußeren Erscheinungsbildes anstrebenswert zu sein, schlank sein muss man um Erfolg im Leben zu haben, das wird unseren Kindern tagtäglich ver-

mittelt. Und tun es nicht die Medien, so tun es die Eltern, die Freundinnen, die Bekleidungsindustrie, ...
Aus den Modejournalen strahlen uns krankhaft dünne Models entgegen. Sie vermitteln Werte, die im ersten Moment anstrebenswert erscheinen. Wer sich aber die Mühe macht und diese Werte hinterfragt, bekommt einen gesunden Abstand zu diesen fragwürdigen Verlockungen.
Wir Eltern sind als Vorbilder und Kommunikationspartner gefragt. Wir müssen weder belehren, noch überzeugen, wir dürfen aber zum Nachdenken anregen, unser eigenes Weltbild wieder einmal offen und ehrlich hinterfragen- unsere Kinder an dem Prozess des Wandelbaren teilhaben lassen. Alte Verhaltensmuster werden durch sinnvolle neue ersetzt, durch Erneuerung ergeben sich auch neue Meinungen. Wenn Kinder aktiv teilhaben können, selbstverständlich und gewünscht, dann verbindet dieser Zustand alle Beteiligten auf einer vertrauensvollen Ebene.

****

Tagesmotivation:

Achten wir wieder vermehrt auf unsere Sprache, achten wir darauf, vermehrt das Schöne und Gute hervorzuheben. Dadurch passiert weniger Verletzung. Achten wir vermehrt darauf, welche Modelle wir für unsere Kinder darstellen.

Es ist sehr wichtig, dass wir uns in unserem Körper - in unserer Haut - wohlfühlen. Wir sollten das

Äußere wie das Innere pflegen und schützen, um einen gesunden, kräftigen Körper zu behalten, der den Herausforderungen des Lebens in ausreichendem Maße gewachsen ist!

Die Veränderung - das Altern - als etwas Logisches, Normales im Leben akzeptieren, Gutes daraus hervorheben, den eigenen Körper achten und lieben!

Wir Menschen sind alle anders, die Welt ist bunt. In weiten Teilen Afrikas ist es völlig normal molliger zu sein. Die Frauen dort stehen mit großem Selbstbewusstsein zu ihren üppigen Rundungen. Dort ist diese Körperform geachtet und gewünscht - sie signalisiert: es geht mir und meiner Familie gut!
Hierzulande ist dünn sein populär. Aber das können wir ändern - jede von uns auf ihre ganz spezielle Art. Nicht alle Frauen sind nämlich von Geburt an genetisch so „angelegt", dass sie auf Lebzeiten gertenschlank bleiben. Es gibt verschiedene Körpertypen.
Manche Frauen können essen was sie wollen, haben Kinder geboren und bleiben trotzdem gertenschlank, weil sie eben die Veranlagung dazu haben.
Andere wiederum müssten Tag für Tag strenge Diät halten um nur annähernd an dieselbe Körperform zu kommen. Das wäre unklug und auf vielen Betrachtungsweisen ungesund.

Kommen wir auf unser persönliches Wohlfühlgewicht, bei dem wir ehrlich zufrieden sind, und bei dem wir uns mit einer vernünftigen Lebenshaltung nicht ständig gewissen Zwängen unterziehen müssen.

Liebe und achte deinen Körper

Verhalte dich sanft, zärtlich, liebevoll und achtsam mit deinem Körper. Lass auch dein Kind von Zeit zu Zeit hören, dass es einen wundervollen Körper hat. Das Herz klopft pausenlos, die Beinchen laufen überall hin, die Hände fühlen und begreifen unermüdlich, die Ohren hören ständig, die Augen schauen neugierig in die große weite Welt. Ein Körper funktioniert phantastisch! Fordere dein Kind dazu auf, seinen Körper zu achten, auf ihn zu hören. Fordere dein Kind auf, seinem Körper hin und wider zu danken und ihn sehr schätzen zu lernen.

Immer wieder habe ich die Füße meiner kleinen Kinder gestreichelt und gesagt: „du lieber, braver Fuß bist heute mit meinem Schatz wieder so fleißig gelaufen!" „Danke, lieber Fuß!"

So gesunde, kräftige Füße, die beinahe unermüdlich sind, sollten meiner Meinung nach viel Beachtung bekommen.

Kinder stimmt es froh, so anerkennend und wertschätzend über ihren Körper zu sprechen. Das ist gut und sollte von Zeit zu zeit wiederholt werden.

KAPITEL 5:

Leichte, alltägliche Kinderkrankheiten natürlich behandeln

In diesem Kapitel schreibe ich über Erfahrungen mit unterschiedlichen Produkten aus der Naturheilkunde. Entweder in unserer Familie selbst, oder bei Freunden, Bekannten, Verwandten sind diese wunderbaren Mittel immer wieder mit Erfolg zur Anwendung gekommen. Ich erwähne bei den verschiedenen Krankheitsbildern manchmal eine Vielzahl von Hilfen, von denen du nach gutem Wissen und Gewissen ruhig wählen kannst. Halte einen Moment lang inne, wenn du merkst, dass du hektisch nach einem Hilfsmittel suchst. Eine ruhige Atmosphäre ist eine gute Ausgangsbasis für Gesundung und du wirst mit innerer Ruhe leichter das passende Mittel für dich und deine Lieben finden.

Ein bunter Streifzug vom Baby bis zum Erwachsenen

Für Neugeborene und Babys:
SOOR: BORAX D12, Globuli, 5 x 1 Globuli

AUGENENTZÜNDUNGEN, gerötete Augen, brennende und juckende Augen, verklebte Augenlieder in der Früh, Störungen nach einem Schwimmbadbesuch oder nach dem schwimmen im Meer: EUPHRASIA D12, Globuli, nach Bedarf (auch viertel- oder halbstündlich, bis eine Besserung eintritt)

REKONVALESZENZ, auch zum allgemeinen Stärken: Zum Aufbauen und Stärken des gesamten Organismus in belasteten, sehr geforderten Zeiten wirkt Schlehen Elixier als hochwertiges Spitzenprodukt. (Reformhaus). Da es süß ist, nehmen es Kinder gerne in den Tee. Erwachsene, sollten sie auf den Zucker verzichten wollen, greifen auf den ungesüßten Schlehen - Ursaft zurück. Viel natürliches Vitamin C, reichlich B Vitamine, an die Königin der Suppen denken, und vernünftig und bedacht kochen und essen.

Frage in der Apotheke oder im Reformhaus nach einem Produkt mit schwarzen Holunderbeeren. Sambocol Saft ist zum Beispiel rein pflanzlich, hat keine Nebenwirkungen und ist sogar als zuckerfreie Variante zu haben. Schwarzer Holunder unterstützt das gesamte Immunsystem.

LÄUSE!

Wenn du Kinder hast, dann stößt du früher oder später einmal auf dieses Thema. Hast du dein Kind gewissenhaft auf Läuse abgesucht, keine gefunden - und möchtest ein Mittel zum Vorbeugen anwenden, dann besorge dir Teebaumöl. Trage es pur (wenn es die Haut zulässt) oder geringfügig verdünnt am Kopf auf. Vor allem im Bereich des Nackens, hinter den Ohren und rund um den Haaransatz. Läuse scheinen den Geruch nicht zu mögen. Seit ich Teebaumöl verwende, hatten wir keine Läuse mehr im Haus. (jetzt muss ich schnell auf Holz klopfen, denn ich finde Läuse wirklich sehr unangenehm).

Vielleicht sagst du dir ja, Teebaumöl kannst du selbst nicht gut riechen, weil es so eigenartig duftet. Wenn du aber daran denkst, dass die einzige Lösung bei tatsächlichem Lausbefall die pure Chemiebombe ist, und manche Kinder sind innerhalb einiger Wochen nach dieser Behandlung wieder davon befallen, wird dir das Teebaumöl vielleicht doch ein ganz kleines bisschen sympathischer.

Es gibt auch eine Bachblüte, welche die „innere" Reinigung unterstützt, sie heißt: Crab Apple .

DARMGRIPPE, Durchfall, Erbrechen

Verzichte vollkommen auf Milchprodukte und Fleisch, bis sich der Zustand deines Kindes wieder stabilisiert hat. Kein Kakao, kein Fruchtzwerg, stattdessen: auf das Essen vorerst verzichten lassen, dein Kind hat in diesem Zustand ohnehin instinktiv keinen Appetit. Später mit Hafermarksuppe langsam aufbauen: wenig Hafermark (keine

Flocken!)in Wasser sehr lange breiig kochen, salzen, fertig!
Als Alternative dazu: Reisschleimsuppe: weißen Reis solange kochen, bis er schleimig wird, fast zerfällt, salzen, fertig.
KLEINE Portionen anbieten, dafür öfter über den Tag verteilt.
VIEL zu trinken reichen, das ist sehr ernst zu nehmen, nur weil das Kind nicht essen muss, sollte auf das Trinken nicht vergessen werden. Bei Durchfall und Erbrechen kann der kleine Kinderkörper sehr schnell innerlich austrocknen. Zu Trinken erhält das Kind Tee. Kamille, Schafgarbe, eventuell auch Pfefferminze - wenn dein Kind schon größer ist: schwarzer Tee, der stopft. Wenn dein Kind besonders vernünftig ist und bittere Tees trinkt, dann gibt es einen hervorragenden Magentee, nämlich den Tausendguldenkrauttee. Nur leicht laut Zubereitungsart einkochen und schluckweise zu trinken geben, das macht rasch wieder gesund!
Fein geriebener Apfel mit einem Tropfen Zitronensaft, Dinkelzwieback, trockene Semmel ohne Butter, Salzstangerl, das sind die Gaben, wenn sich der Zustand langsam bessert.
Grobe Getreidesorten in Brotform eignen sich in diesem Zustand nicht, ebenso auch das Müsli.
Heidelbeerblättertee und getrocknete Heidelbeeren sind ebenfalls gut bei Durchfallerkrankungen geeignet.

Bei **VERSTOPFUNG** kocht man frisches Apfelmus aus ungespritzten Äpfeln, noch ein bisschen warm gelöffelt, isst Feigen und frisch zubereitetes Müsli aus selbstangesetztem Getreideschrot! -

Hmm- herrlich! Trinkt viel Tee, Wasser, naturbelassene Säfte.
Verwende probiotischen Joghurt, Buttermilch, erinnere dich wieder an die Königin der Suppen oder das bekömmliche Dinkelbrot, koche viel Gemüse wie Melanzani (Aubergine) und Zwiebel in reichlich Olivenöl. So, das müsste reichen.
Nudeln, Produkte aus Weißmehl und Zucker reduzieren oder ersetzen.
Polierter Reis stopft, bei Vollkornreis konnte ich das nicht beobachten.
Erwachsene können sich mit harmlosen Darmbakterien aus der Apotheke oder dem Reformhaus helfen. Bei immer wiederkehrenden Verstopfungen sollte man seine Ernährung gewissenhaft überdenken, seinen Fleischkonsum einschränken und eine Darmsanierungskur vornehmen. (Die klassischen Einläufe inbegriffen). Viele Ärzte bieten dabei ihre Unterstützung an.

APPETITSTÖRUNGEN

Achte darauf, dass du deinem Kind nur sehr kleine Portionen auf den Teller gibst. Es nimmt sich selbst nach, wenn es noch hungrig ist. Große Portionen können den Appetit auf Essen bei manchen Menschen auch verderben. Wenn du vorwiegend oder größtenteils biologische Zutaten in deiner Küche verwendest und regelmäßig selbst gesunde Speisen kochst, dann vertraue auf das Gefühl deines Kindes. Es holt sich genug, auch wenn es dir vielleicht vorerst zu wenig erscheint. Die körperliche Verfassung sollte ausschlaggebend sein. Es darf auch ruhig ein bisschen weniger wiegen als die Masse der Kinder, wenn es aktiv ist und seelisch ausgeglichen, dann sollte eine Nahrungsaufnahme in kleine Mengen kein Grund zur Besorgnis sein.

Schränke Süßigkeiten ein, wenn du dir bewusst wirst, dass dein Kind zu viel davon bekommt- was meistens der Fall ist. Verwöhne dein Kind/ deine Familie mit einem köstlichen, gesunden Nachtisch, duftendes Obst, selbstgemachtes Eis aus Joghurt, frischen Früchten und Schlagsahne. Getrocknetes Obst, wie Bananenchips, Dörrpflaumen, Marillen und Ananasecken nehmen auch sofort den Heißhunger auf Süßes, ebenso leckere Nüsse aus dem Reformhaus. Schau dich mal wieder richtig gemütlich um in so einem herrlichen „Schlaraffenland" und vielleicht findest du dort einmal eine Schokolade für dich?!
Wenn dein Kind zu viel nascht, dann teile ihm deine Gedanken um seine Gesundheit in Ruhe mit und entwickle (vielleicht auch gemeinsam mit deinem Kind) einen Plan, was du/ ihr tun kannst/könnt, um den ungesunden Zustand zu ändern.
Möglichkeiten sind zum Beispiel: einen „Süßkramtag" in der Woche ausmachen, immer montags? Oder: Umsteigen auf Süßes aus dem Reformhaus- Kekse und Gummibärchen gibt es auch dort, nur etwas gesündere.
Schränke vor allem auch die süßen Säfte ein und koste wieder einmal einen naturtrüben Apfel- oder Birnensaft. Trinke zusammen mit deinem Kind aber vor allem viel Wasser. Im Handel sind besondere Steine erhältlich, die das Wasser beleben. Wenn du sie in einen großen Wasserkrug legst, ihn immer wieder mit genügend Wasser befüllst und an einen Platz stellst, an dem ihn jeder von euch automatisch wahrnehmen muss!, dann werdet ihr euch gegenseitig beim vermehrten Wassertrinken entdecken. Kinder lieben das „Steinewasser" sehr und finden, dass es „irgendwie einen anderen Geschmack hat".

BIENENSTICH
Tipps bei einem Bienenstich, der anschwillt und fürchterlich juckt: Äußerlich >
Schüsslersalz Nr.8, Natrium chloratum, D6,: mehrere Tabletten mit etwas Wasser zu einem dickflüssigen Brei verrühren und auf den Bienenstich verteilen.
Innerlich: Schüsslersalz Nr.4, Kalium chloratum, D6,: immer wieder 1 Tablette langsam im Mund zergehen lassen, bis die Schwellung und das Jucken weg ist.
Im Sommer, wenn wir einen Badeausflug machen, dann trage ich immer diese zwei Salze und das Ferrum phosphoricum, D12, in meiner Tasche.

Combudoron Weleda Gelee ist eine homöopathische Arzneispezialität auch für genau dieses Anwendungsgebiet.

Bei allen **offenen, blutenden WUNDEN, Schnittverletzungen**, egal ob im Mund, am Knie, oder an einer anderen Körperstelle, haben wir uns immer mit Ferrum phosphoricum sehr gut helfen können. Bei meinem Mann habe ich dieses Schüsslersalz an einer 20 cm langen Operationswunde - die geeitert und genässt hat - erfolgreich angewendet. Der Eiter resorbierte, die Wunde heilte daraufhin problemlos ab, zurück blieb eine fast unsichtbare Narbe. Das ist der Erfolg von diesem wunderbaren Heilmittel!
Du nimmst ein paar Tabletten, zerwalzt sie mit etwas Hartem (Nudelholz) zwischen einem Tuch und streust das Pulver direkt auf die Wunde. So ersparst du dir das oft sehr unangenehme Desin-

fizieren einer Wunde, denn Ferrum phosphoricum macht diese unerforderlich.
Befinden sich Splitter, Steinchen oder gefährliche Gegenstände in einer Wunde, die du nicht imstande bist selbst zu entfernen, dann suche dir bei einem Arzt Hilfe.
Ferrum phosphoricum bekommt man in der Apotheke als Sonderbestellung auch in Pulverform.

Beim **ZAHNARZT**
Wenn einem Kind oder dir ein Zahn gezogen werden muss: günstig ist laut Mondkalender: der abnehmende Mond!
Als unterstützende Mittel gelten:
Traumeel Tabletten (homöop. Mittel), die ersten Stunden nach dem Extrahieren 1 Tablette viertelstündlich unter der Zunge zergehen lassen, danach jede Stunde 1 Stück. Alle weiteren Tage, bis die Wunde verheilt ist, 3 X täglich 1 Tablette.
Als Wundheilmittel dient uns wieder das Schüsslersalz Ferrum phosphoricum, D 12. Direkt auf die offene Wunde schieben, Stück für Stück, dann heilt die Wunde zufriedenstellend und die Schmerzen bleiben aus!!
Viele Menschen schwören auf Arnica, denn Arnica ist die Pflanze der raschen Heilung. Vor und nach einem operativen Eingriff eingenommen, unterstützt und beschleunigt Arnica die Wundheilung.

FIEBER
Das Fieber ist etwas sehr Nützliches, unterdrücke es nicht schnell mit chemischen Mitteln. Bei Fieber bis 38,5 Grad gibst du Schüsslersalze Nr.3, und

Nr.4. im Wechsel. Nach Möglichkeit viel frischen, aber ausgekühlten Lindenblüten - Holunderblüten und Ringelblumentee trinken.
Mit Honig und einigen Tropfen frisch gepresstem Zitronensaft vermischen. Nichts, bis wenig essen, bei Bedarf nur Obst oder Gemüse, wie zum Beispiel: Äpfel oder Karotten (aus biologischem Anbau). Viel Ruhe und liebevolle Zuwendung.
Bei Fieber über 39 Grad gebe ich zusätzlich das Schüsslersalz Nr.5. und wende „Essigpatscherl" an.

Und so wird es gemacht:
Befülle einen Topf mit kühlem Wasser, dem du einen guten Schuss Essig beifügst. Tauche ein Tuch in das kalte Wasser, wringe es gut aus (es darf nicht mehr tropfen) und wickle es rasch um den Unterschenkel. Es soll dabei überall gut anliegen. Darüber kommt ein weiteres Tuch gewickelt (Handtuch), das das feuchte Tuch überall überlappen muss.
Wenn auch der zweite Unterschenkel mit einem Essigwickel versehen ist, dann kommt zum Schluss über beide Beine eine warme Wolldecke. So belässt du es ca. eine halbe Stunde, danach abnehmen und trocken frottieren. Üblicherweise sinkt das Fieber bei dieser Anwendung um 1/2 bis 1°C.

Wenn ein Körper mit Fieber auf einen Infekt reagiert, dann bedeutet das, dass er (noch) reaktions- und regulationsfähig ist, und das ist ausgezeichnet!

HAUTAUSSCHLAG, Nesselausschlag.

Ein Nesselausschlag am ganzen Körper oder großflächig über verschiedene Körperzonen verteilt bereitet dem Kind großen Juckreiz. Wohltuend kann ein warmes Bad sein - wenn du es vorrätig hast, dann tropfe ein bisschen Kamillosan in das Badewasser. Ein Sud aus frisch gekochtem Kamillentee ist gleich hilfreich, bloß ein wenig zeitaufwendiger. Stelle ein Naturjoghurt aus dem Kühlschrank, damit es Zimmertemperatur bekommt. Nach dem Bad, das so lange dauern sollte wie es für dein Kind angenehm ist, verteile das Joghurt auf die betroffenen Körperstellen. Wenn dein Kind unruhig reagiert, beruhige es sanft mit ruhigen Worten und teile ihm mit, wie großartig sein Körper und seine Seele auf etwas reagiert, das ihn ziemlich stark durcheinander gebracht hat. Vielleicht erforscht ihr gemeinsam die Ursache. Kinder in sehr jungen Jahren geben oftmals sehr klare Antworten über die Ursachen ihres Unwohlseins und überraschen auch nicht selten mit eigenen Vorschlägen zur eigenen Behandlung. Wenn man Kinder in respektvoller Weise bei ihren individuellen Diagnosen unterstützt, fördert man tatsächlich ihr gesamtes Selbstbewusstsein.

Durch die Haut will etwas heraus! Du kannst diesen Vorgang mit positiven Worten begleiten, wie zum Beispiel: „ Lass alles heraus, was dich belastet! „ Wenn dein Kind gewohnt ist für sich selbst zu sprechen, dann ermuntere es, nun auch eigene Worte zur Heilungsunterstützung zu sprechen, wie zum Beispiel: „Ich bin ganz entspannt und lasse aus meinem Körper jetzt alles herauskommen, was mich belastet." Oder: „Ich habe einen wundervollen Körper der ganz großartig reagiert und alles herauslässt, was mich belastet. Das ist gut!"

Eine weitere Möglichkeit der Behandlung von einem akuten Nesselausschlag ist die Bachblütensalbe. In dünner Schicht aufgetragen hilft sie manches Mal sehr rasch, ganz ohne Nebenwirkungen. Ich persönlich habe bei meinen Kindern das Joghurt- Badewannenritual bevorzugt, weil es eine unterstützende Handlung über eine längere Zeitspanne ist, und dabei besonders entspannende Faktoren eine Rolle spielen. Ich finde Entspannung und liebevolle Zuwendung unerlässlich für dauerhaftes Heilsein.

Was gibst du auf die Haut deines Babys ?

In der Werbung möchte man uns Eltern mit Bildern von fröhlich jauchzenden Babys klarmachen, wie notwendig Körperpflege mit diversen Pflegeprodukten ist. Üppig quillt der Badeschaum aus der Wanne oder das Babyshampoo von den ersten Löckchen. Babys Haut wird von Geburt an mit Cremes und Puder einbalsamiert. Wenn man bedenkt, dass so ein kleines Menschenkind meist täglich gebadet wird, muss es doch schon eine ganze Menge an Chemie ertragen können. Natürlich sind Babyshampoos, Badeschaum und Babypflegecremes dermatologisch getestet, ich halte sie persönlich trotzdem für die hoch sensible Haut eines Neugeborenen für sehr bedenklich. Ein lieber Bekannter sagte mir einmal:" Kosmetik muss man essen können!", das hat mir gut gefallen und mich nachdenklich gestimmt.

Später, wenn das Kindchen schon größer geworden ist und im blubbernden Badewasser nach seinen Spieltieren greift, befördert es jedes Mal eine gar nicht unerhebliche Menge an Badeschaum in seinen Magen- indem es an seinen rundherum beschaumten Badespielsachen lutscht. Sind diese Produkte wirklich zum täglichen Verzehr geeignet? Würde ich gerne jeden Tag eine Portion Badeschaum schlucken? Auf diese Fragen gebe ich ein ganz klares NEIN !

Alternativen zu herkömmlichen Pflegeprodukten:

Ich habe eine wirklich gesunde Alternative, welche für die Haut pflegend und für den Organismus völlig unbelastend ist. Eine meiner lieben Hebammen gab mir folgende Empfehlung für das Bad und die Pflege eines Neugeborenen und Kleinkindes:

Man mischt einige Tropfen Olivenöl - aus biologischer Landwirtschaft mit
einem Esslöffel voll Honig - ebenso aus biologischer Landwirtschaft (der Honig dient als Emulgator) zusammen,
und lässt diese Mischung in das Badewasser laufen.

Diese Zusammensetzung dient als Reinigung und als hochwertige Pflege in einem und ist für empfindliche Babyhaut ideal, das kann ich empirisch bestätigen. Diese Mischung ist ebenfalls für Menschen mit sehr trockener Haut leicht zu empfehlen. Auch für ein Verwöhnbad der Eltern, die sich einmal am Abend eine besondere Pflege für ihre eigene Haut zukommen lassen wollen. Das übliche Eincremen nach dem Bad ist danach nicht mehr erforderlich, die Haut ist seidig weich und geschmeidig. Wenn es bei Babys eine Problemzone im Windelbereich gibt, dann ist zum Beispiel die DESITIN Salbe (eine Lebertransalbe mit Zinkanteil) sehr hilfreich, vorbeugend habe ich gerne Ringelblumensalbe gecremt. Am Hals, unter den Achseln oder im Windelbereich, Ringelblumensalbe aus der Apotheke eignet sich für überall. Auch bestens geeignet bei Hämorriden !

Ich möchte alle Muttis dazu auffordern neu gekaufte Kleidungsstücke vor dem ersten Tragen unbedingt einmal zu waschen, egal ob es nun Socken sind, T-Shirts oder Unterwäsche. In der Kleidung verbergen sich unsichtbare Giftstoffe großen Ausmaßes, die man durch gründliches Waschen gut entfernen kann. Verwende lieber keine Weichspüler, sie reizen sensible Haut und sensible Nasen. Manchmal kann ich riechen wenn meine Nachbarin ihre Wäsche im Garten aufgehängt hat und dann denke ich mir jedes Mal, wie froh ich bin, dass ich diese einparfümierten Kleider nicht anziehen muss, denn es würde mir wirklich eine große Überwindung kosten.
Es gibt auf dem Markt mehrere Anbieter von ökologisch unbedenklichem Waschpulver, die auch saubere Wäsche erlauben und die Haut viel weniger reizen als herkömmliche Markenprodukte. Es lohnt sich auf jeden Fall verschiedene alternative Waschmittel auszuprobieren, wir tun es nicht nur für unsere Haut, sondern auch für unsere Welt.

Ich möchte dich auch dafür sensibel machen beim nächsten Geschirrspülen darauf zu achten, wie viel Geschirrspülmittel, beim nächsten Putzen, wie viel Putzmittel du dafür verwendest. Wir dosieren meist zu hoch! Drück' doch das nächste Mal bewusst wenig Reinigungsmittel aus der Tube, Flasche, udgl.- und teste selber den Erfolg. Nebenbei ist es auf Dauer gut für das Haushaltsbudget. Haarshampoo, Zahnpasta, uvm. kannst du ebenso geringer dosieren.
Wenn ich die Kinderfläschchen aus der Geschirrspülmaschine sauber herausnehme, wasche ich sie regelmäßig noch einmal gründlich mit frischen Wasser nach. Damit gehe ich auf Nummer sicher, dass wirklich überhaupt keine Waschmittelrückstände den Kindermagen reizen können. Das kostet mir wirklich nicht viel Zeit und macht mir keine große Zusatzarbeit. Sauger vom Kindertrinkfläschchen, Holzkochlöffel oder Schneidebretter aus Holz gehören nicht in den Geschirrspüler, sie saugen sich während des Waschganges mit dem chemischen Spülmittel voll und eine Restmenge an chemischer Substanz im Holz ist wahrscheinlich.
Beim nächsten Umrühren in der gesunden Gemüsesuppe würden die verbliebenen Stoffe in die Suppe wandern, wobei ich die Freude an der herrlichen Suppe gleich verlieren würde. Als ich noch ein Kind war, hat meine Mutter sehr darauf geachtet keine orangen, gelben und roten Plastikutensilien beim Kochen zu verwenden, da bekannt war, dass Schüsseln und Kochlöffel vor allem dieser Farben dazu neigten, ungesunde Substanzen in die darin oder damit verwendeten Lebensmittel abzugeben, vor allem wenn sie erhitzt wurden.

Ich weiß nicht, wie unbedenklich die Plastikschüsseln und Kochlöffel der erwähnten Farben heutzutage sind, mir persönlich ist die Vorsicht in diesem Fall angelernt und ich verwende überhaupt kein Plastikgeschirr zum Kochen in meiner Küche. Bei Keramikgeschirr mit besonders intensiven, bunten Farben ist es ebenso ratsam darauf zu achten, von welcher Qualität sie sind. Billige Erzeugnisse neigen dazu, Substanzen an Lebensmittel abzugeben.

Bitte Vorsicht! Babygeschirr würde ich persönlich nur in neutralen Farben kaufen, Glasgeschirr oder weiße Keramik sind empfehlenswert. Keine bunten Plastiklöfferln, keine bunten Plastiktrinkflaschen, nicht einmal grellbunte Plastikschraubverschlüsse muss man kaufen, denn es gibt genug Auswahl, und man verzichtet als Mutter im Interesse des Kindes auf ein bisschen Farbe und hat damit mehr Sicherheit.

Wenn du gerade schwanger bist und dir einen hübschen Kinderwagen aussuchst willst, dann erwerbe ihn eher frühzeitig. Diese Empfehlung gebe ich dir aus folgendem Grund: bei allen nagelneuen Kinderwägen sind die entzückenden Stoffe deshalb so pflegeleicht , weil sie intensiv imprägniert wurden um Schmutz abzuweisen, Wasser abperlen zu lassen und die Farbfrische möglichst langfristig zu erhalten. Imprägniert wird mit Chemie. Das schadet unseren Kindern vor allem in den ersten Lebensmonaten körperlich sehr, weil die Neugeborenen durch das besonders lange Schlafen in den dick eingebetteten Kinderwägen intensiven Kontakt mit diesen Stoffen ha-

ben. Die gesündeste Lösung für ein Baby wäre, einen gebrauchten Kinderwagen zu erstehen (Tauschmärkte, Second- hand Shops, Inserate, usw.) , oder den neuen Kinderwagen bevor das Baby darin liegt, erst einige Woche an der frischen Luft gut auszulüften. Alle waschbaren Teile bitte unbedingt gründlich waschen, ohne Weichspülwaschgang! Dasselbe gilt für das Bettchen zu Hause im Schlafzimmer. Wir kaufen einen Betthimmel und eine Bettumrandung und wunderschöne Bettwäsche. Alles wird dem Baby mehr zum Wohle, wenn wir es vorerst gründlich waschen. Auch die Stofftiere und Schmusewindeln sollten gründlichst gewaschen sein und hinterher keine reizenden Duftstoffe abgeben, denn unsere Kleinsten lutschen lustvoll daran herum.
Auf dem Markt gibt es sinnvolle Anbieter von gesunden Biomatratzen, bei denen die Füllung und der Bezug aus biologisch angebauten Materialien bestehen.
Babys mögen kein Parfüm und kein Rasierwasser, absolut keine Raumlufterfrischer und auch selten Räucherstäbchen.
Ich persönlich halte Schnuller, die man dem erkrankten Kind gegebenenfalls mit Medizin befüllen kann, damit es in der Nacht besser Luft bekommt, für sehr bedenklich. Die Gefahr, dass man zu hoch dosiert und die Schleimhäute gereizt werden, ist ernst zu nehmen. Eine Ölduftlampe mit e i n e m Tropfen Teebaumöl oder einem anderen gut wirkendem ätherischen Öl gegen Erkältungskrankheiten, mit dem man schon gute Erfahrungen gemacht hat - und das man auch gerne riecht, reicht für den ganzen Raum! Am besten

probiert man den Duft über den Tag aus und beobachtet die Wirkung und Reaktion des Kindes.

„Pass auf , du hast neue Schuhe an !"

Ich habe in diesem Kapitel sehr viel über gesunde Wäsche und Kleidung geschrieben.
Gerade junge Mütter ohne praktische Erfahrung lassen sich beim Kauf von Baby- und Kinderbekleidung gerne von modischen Details beeinflussen. Das ist gut, wenn die Mode mit Funktionalität und Sicherheit einhergeht.
Bequeme Kleidung mit Gummibund, statt Reißverschluss, mit Klettverschlüssen und wenigen Taschen sind ratsam. Schlaufen, Nieten, Bänder und große, drückende Verziehrungen aller Art an Ober- und Unterbekleidung sind unnütz, behindern das Kind in seiner Aktivität und gefährden seine Sicherheit im Alltag. Ich habe nach dem Kauf einer sonst passablen Hose schon manchmal die überflüssige, gesundheitsgefährdende Schlaufe einfach abgeschnitten, um dieses rein modische Detail nicht zur Falle werden zu lassen.
Kinder am Spielplatz wollen nicht gerne an ihre neuen Sachen denken, und man sollte ihnen diese Verantwortung wirklich ersparen. „Bitte pass' auf, du hast neue Schuhe an", oder „Pass' auf deine neue Jacke auf!", hindert das Kind am völlig ausgelassenem, unkomplizierten Spiel, indem es seine ganzen Sinne entfalten könnte.
Kinder brauchen im Alltag einfache, bequeme und kindersichere Kleidung mit viel Bewegungsfreiheit! Besondere Kleidung wird zu besonderen Anlässen getragen und dann darf man auch darauf

aufpassen müssen, aus rein pädagogischen Überlegungen.

Ich habe einmal bei einem Kinderturnen eine Mutter erlebt, die wollte ihr Kleinstes nicht mit der neuen Hose krabbeln lassen, weil die Hose so neu- und der Turnsaalboden so schmutzig war.
Kinder m ü s s e n sich ohne Hemmungen immer wieder schmutzig machen dürfen, vor allem in einem absolut normalen Rahmen. Dieser Mutter war leider noch nicht klar, was sie ihrem Kleinen mit dieser Maßnahme eigentlich antut.
Kinder brauchen viele Erlebnisse in der Natur mit Erde, Sand, Steinen, Wasser, Blättern, Moos, uvm. Ja, dabei wird man schmutzig. Das ist o.k.
Wir haben Glück, wir können uns wieder sauber machen und die schmutzige Hose vielleicht gleich morgen nochmals anziehen.
Es gibt Gummihosen in allen Kindergrößen zu kaufen. Mütter, die sich kennen und eher dazu neigen, schmutzige Wäsche als Ärgernis zu nehmen, dürfen erleichtert darauf zurückgreifen.

Husten,Heiserkeit,Halsschmerzen

Da hilft Tee: Thymian mit einer Spur Salbei gemischt - vom Salbei nur eine Messerspitze voll, damit er nicht zu bitter wird. Thymian kannst du das ganze Jahr - sozusagen vorbeugend - in deiner Küche verwenden, er passt vorzüglich zu allen Kartoffelgerichten. Salbei ist - sparsam verwendet - eine besonders aromatische Heilpflanze. Bei Halsschmerzen, Husten und Heiserkeit zupft man von der frischen Pflanze nur die ganz jungen, zarten triebe und Blätter ab, um sie zu lutschen und zu kauen. Salbei heilt die Mundschleimhaut und hilft auch bei verdorbenem Magen. Er wirkt keimtötend und adstringierend, sollte in der Schwangerschaft und bei Epilepsiepatienten aber nicht angewendet werden. Im Winter bedient man sich der getrockneten Blätter aus der Apotheke oder aus der eigenen Sammlung.

Thymiantriebe, man erntet sie frisch bis der Schnee sie zudeckt, passen gut in Suppen und Salate, auch wenn niemand krank ist. Thymian ist ein hochwirksames Mittel für das gesamte Atmungssystem.

>> Teemischungen aller Art aus der Apotheke oder aus Eigensammlung

>> Bronchialbalsam von Wala

>> Echinacea Mund - und Rachenspray von Wala

>> „Weleda" Hustensaft

>> statt herkömmlicher Nasentropfen bietet sich Nasenbalsam von Wala an, um die Nasenschleimhäute zu schützen und zu heilen.

>> vom Salbeistock im Garten /Balkon den jüngsten und kleinsten Trieb abzupfen und bedächtig kauen. Erwachsene zupfen sich ein größeres Blatt ab.

>> schwarzer Rettichsaft*

>> Viel natürliches Vitamin C
in Form von Tee, wie zum Beispiel: Hagebuttentee aus ganzen Früchten (aus der Apotheke oder dem Reformhaus) oder als Lutschpastillen, wie zum Beispiel: Acerolakirschtabletten.

>> Eibischteig zum Naschen

>> Duftlampe: 1 Tropfen Teebaumöl oder ein anderes hustenreizlinderndes
ätherisches Öl deines Geschmackes

>> Bachblüten: Holly wirkt entzündungshemmend

>> Molkegetränke sind hilfreich gegen Halsentzündungen

>> Spitzwegerichsaft kann man gut unter einen honigsüßen Tee mischen.

>> Viele verschiedene homöopathische Präparate bieten sich an - siehe im Buch von Dr. Stellmann oder Urs Schrag

>> Wende dich um Rat und Unterstützung an einen Homöopathen oder einen Schulmediziner mit alternativen Methoden.

>> Handreflexzonen und/oder Fußreflexzonen aktivieren

Bronchien stimulieren und beruhigen, Lymphe (Schwimmhäute an Händen und Füßen) ausstreichen - das fördert die Giftausscheidung im Körper, aus diesem Grund viel zu trinken anbieten, kalt oder warm, das Kind sollte entscheiden dürfen! Verschiedene Obst - und Gemüsesäfte, wie Biokarottensaft, schwarzer Johannisbeersaft, naturtrüber Apfelsaft zur Abwechslung. Goldrutentee unterstützt die Nieren beim Ausscheidungsvorgang und die Nierenpflege ist während einer Erkrankung ein wichtiger Faktor.

So wichtig ist richtiges Lüften!

Das Zimmer, das Haus, die Wohnung r e g e l m ä ß i g und gründlich l ü f t e n !!
Ich betone das so sehr, weil ich weiß, dass viele von uns zu selten und auch falsch lüften.
Architekten und Mehrparteienhausbesitzer klagen ihr Leid über schimmlige Wohnungen durch falsches Lüften und Ärzt(e)Innen bedauern kranke Kinder in überheizten Räumen.

In allen Räumen muss eine Grundwärme vorhanden sein, auch in den Schlafräumen. Schlafräume werden manchmal gar nicht oder zu wenig geheizt, durch die regelmäßigen Körperausdünstungen während des Schlafens, setzt sich jeden Tag genügend Feuchtigkeit im Raum an, die sich nicht genug aufzulösen vermag, wenn die sogenannte Grundwärme im Raum nicht erreicht wird. Lüftet man nun in der kalten Jahreszeit ein feuchtes kaltes Zimmer, strömt zwar frische kalte Luft herein, aber die Feuchtigkeit des Raumes bleibt erhalten. So kommt es unweigerlich zu Schimmelbefall. Also, wenn du dein Schlafzimmer nicht heizen willst, dann öffne während des Tages die Türe zum Vorraum, damit die feuchte kalte Luft entweichen kann und der Schlafraum von außen her miterwärmt und somit ausgetrocknet werden kann. Achte auf eine Grundwärme von ca. 18 Grad. Experten sprechen vom Stoßlüften, das heißt: das Fenster für kürzere Zeit komplett öffnen um zu lüften.
Wenn die neue Heizperiode beginnt, bekommt man oft auch bei gründlichem Reinigen der Heizkörper nicht den ganzen Staub weg. Deshalb lege ich gerne ein feuchtes Handtuch über die aktivierten Heizkörper, um die alten Feinstaubreste die sich zu lösen beginnen, im feuchten Handtuch aufzufangen.

Achte auch darauf, deine Räume nicht zu überheizen, das trocknet die Nasenschleimhäute aus. Ich hänge bei trockener Luft gerne über Nacht die Wäsche im Kinderzimmer auf, das hat schon manchmal einen Reizhusten beruhigt.
(ich betone aber hier nochmals, dass ich keinen Weichspüler verwende und auch kein parfümiertes Waschpulver).
Duftet deine Wäsche, dann hänge sie lieber nicht über Nacht in den Schlafräumen auf. Stattdessen nimm ein paar Geschirrtücher, spüle sie mit der Hand mit viel klarem Wasser gut aus und hänge sie dann auf einen Ständer neben das Kinderbett. Feuchte Luft über Nacht kann Wunder wirken.

Solange es noch nicht tiefer Winter ist, kippen wir ein Fenster beim Schlafen.

Allen rauchenden Eltern empfehle ich, zu Hause und im Auto aus Rücksicht auf ihre Kinder nicht zu rauchen. Das sollte zum Grundprinzip erkoren werden!

Richtig anziehen : Nicht zuviel und nicht zuwenig!

Ziehe dein Kind nicht zu warm an! Vertraue auf sein ureigenes Gespür für Wärme und Kälte und unterstütze es dabei. Menschen sind sehr unterschiedlich wärmebedürftig. Manche schlafen schon im Herbst gerne mit Flanellpyjama, andere wiederum noch lange mit kurzärmeligen Leibchen und dünner Decke. Wir Erwachsenen sollten nicht automatisch von uns selbst auf die Kinder schließen. Manche Kinder haben schon an den ersten

kalten Tagen im Jahr ihre warmen Winterjacken und ihre wärmsten Winterstiefel an. Welche Steigerung gibt es dann im tiefen Winter?
Hast du mehrere Kinder, wirst du bemerken, dass sie ein unterschiedliches Verlangen nach Wärme haben. Mehrere Kleidungsschichten übereinander sind ratsam. Bei Bedarf kann dann auch das junge Kind seine Wäsche ablegen und wieder anziehen, wenn die Kleidungsstücke sinnvoll genäht sind und leicht selbst zum An- und Ausziehen gehen, mit weichen Öffnungen, anfangs ohne Knöpfe zum Öffnen und Schließen.
Hauspatscherln sind oft zu warm!
Für Kinder, denen es leicht zu warm wird, eignen sich besser die sogenannten Patschensocken mit rutschfester Sohle.
Und zum Schluss noch mal das reflektieren auf unsere Sprache: sollte sich dein Kind doch einmal verkühlen, weil es sich zu kühl angezogen hat, dann nimm ihm nicht sein Vertrauen in seine Fähigkeiten mit den Worten: „das habe ich mir ja gleich gedacht!". Somit würdest du deinem Kind indirekt vermitteln, dass es besser gewesen wäre, wenn es sich in dieser Angelegenheit doch auf dich verlassen hätte. Willst du das?

Erkältungskrankheiten

>> Metavirulent ist eine homöopathische Arzneispezialität und versteht sich als Mittel zur sogenannten Regulationstherapie. Es eignet sich hervorragend zur Anregung der Selbstheilungstendenz bei Erkältungskrankheiten, wie Grippe mit oder ohne Fieber, bei entzündlichen Erkrankungen der Nasennebenhöhlen, bei Husten, Schnupfen, Halsschmerzen.

>> Liebevoller Beschützergriff: „die Kuschelhöhle"

>>Schüssler Salze: Nr:3,Ferrum phosphoricum, Nr:4, Kalium chloratum, Nr:6, Kalium sulfuricum, Nr:7, Magnesium phosphoricum, Nr:9, Natrium phosphoricum.

In akuten Fällen nimmt man etwa alle 10 Minuten 1 bis 2 Tabletten, lässt sie langsam im Mund zergehen. Eingenommen werden sie entweder 1/2 Stunde vor oder 1 Stunde nach einer Mahlzeit. Während der Medikation starke Reize wie scharfe Gewürze, Zahnpasta mit Menthol und bei Erwachsenen Alkohol und Nikotin, - vermeiden.
Nur Magnesium phosphoricum, das Salz Nr: 7, wird in der Regel in heißem Wasser gelöst und schluckweise genommen. Nicht mit einem Metalllöffel umrühren! Scherzhaft wird dieses Salz als „Heiße Sieben" bezeichnet.

Die Therapie mit Schüssler Salzen hat sich seit mehr als 1oo Jahren bewährt. Sie hat ihren eigenen unumstrittenen Bereich und ist eine natürliche und risikolose Therapieform.
Das Repertoire der Schüssler`schen Funktionsmittel umfasst 12 Mineralsalze und 12 weitere biochemische Ergänzungsmittel. (Siehe Seite 129)
Es gibt in der Apotheke auch biochemische Salben zu kaufen.

- Schwarzer Rettichsaft wird folgendermaßen hergestellt:
- Man kauft im Geschäft einen schwarzen Rettich, wäscht ihn sauber, schneidet ein Stück von der Kappe ab- wie einen Hut,

und höhlt den Rettich ein bisschen aus. Ein ganz kleines Löchlein an der Unterseite erleichtert später den Abfluss des Saftes. Nun befüllt man den ausgehöhlten Rettich mit Kandiszuckerstückchen durchmischt mit den Rettichresten, setzt den „Hut" wieder darauf und steckt das Ganze auf ein Glas passender Größe. Nach einiger Zeit wird sich der Kandiszucker auflösen, nimmt die Heilstoffe des schwarzen Rettichs auf und tropft langsam in das Glas. Auf diese Art und Weise hat man ein eigenes Hustenmittel erzeugt.

Wieder beziehe ich mich auf unseren achtsamen Umgang mit unserer Sprache: Mütter, die ihr Kind hüsteln hören, deren Kinder niesen oder die ersten Anzeichen eines leichten Schnupfens zeigen, höre ich manchmal sagen: „nicht schon wieder!", oder „nein, das können wir aber jetzt wirklich nicht brauchen".
Man muss nicht auf jedes kleine „Hüsterchen" reagieren und dem Kind mit Taschentüchern nachrennen, damit es sich den Schnupfen wegbläst! Bleib gelassen, abwartend in der Annahme, dass sich manche Erscheinungen auch wieder schnell von ganz alleine regeln, wenn man dem Ganzen gar nicht zu viel Beachtung schenkt.

Hat dein Kind wirklich starken **SCHNUPFEN**, dann ist es ratsam, die Nase gut freizubekommen. Damit sich ein Infekt nicht auf die Ohren schlägt, empfehlen HNO- Ärzte Nasentropfen. Ich ent-

scheide mich lieber für die alternative Lösung der hausgemachten Nasentropfen. Und so einfach werden sie hergestellt:
Ein 30 ml Glasfläschchen mit Pipette (aus der Apotheke) wird mit lauwarmen Wasser befüllt und hinzu gebe ich eine kleine Messerspitze Meersalz (Reformhaus). Gut verschütteln und selbst ausprobieren, damit du prüfst, ob die Mischung nicht zu stark geworden ist.
Nach dem Herausblasen des Schnupfens in jedes Nasenloch einträufeln, hochziehen und hinunterschlucken. Das ist fast so ein Geschmack, wie wenn man Meerwasser verschluckt, dadurch vielleicht auch leichter zu verwenden.
Ermahne dein Kind nicht streng zum zu festen Herausblasen des Nasensekretes, ein HNO Spezialist hat mir einmal gesagt, dass zu festes Herausblasen den Ohren eher schadet. Im Normalfall hat man sein Kind aufgefordert: „und fest blasen!".
Bei einer entzündeten, geröteten Nase hilft Ringelblumensalbe oder die großartig heilende Desitinsalbe.

Wenn eine INFEKTION immer wieder zurückkommt

Homöopathen verschreiben dann ein sogenanntes Konstitutionsmittel, um die Basis zu kräftigen.
Hat man über Zeiten mit Chemie behandelt, muss der Körper unter Umständen lange, die für ihn undefinierbaren Substanzen, abtransportieren. Das bedeutet für den Körper einen großen Kraftaufwand. So ein Zustand kann sich über Wochen hinziehen.
Körper, zwar vom ursprünglichen Krankheitsbild befreit, aber geschwächt von den starken Medikamenten, sind sehr empfänglich für Neues.

Es gibt Kräftigungsmittel auf pflanzlicher Basis, ohne Nebenwirkungen:

>> Echinacin - Madaus - Tropfen
Presssaft aus Purpursonnenhutkraut, dient zur unterstützenden Behandlung und zur Vorbeugung von wiederkehrenden Infekten im Bereich der Atemwege.

>> Echinacea D 30 - Globuli für Kinder
zur Vorbeugung von Infekten

>> wenn nach einer langen Krankheit eine erworbene Schwäche, große Mattigkeit erkennbar ist, dann nimm die rechte Hand des Patienten und streiche den kleinen Finger
beherzt auf und ab, an allen Seiten immer wieder hinauf und hinunter. Das stärkt.

>> Schlehensaft aus dem Reformhaus
spendet viel Kraft

>> Sanddorn - Elixier oder Ursaft unterstützt mit einer Extraportion Vitamin C unsere Abwehrkräfte.

>> jeden Tag viel frischen Knoblauch essen, Knoblauch sollte in keinem Salat fehlen. Aber auch Knoblauchtoast ist herrlich.

Die Erde spüren!

>> im Sommer: viel barfuss gehen!! Nicht nur die Kinder, auch für die Eltern gilt: raus aus den Schuhen und den Boden wieder mal richtig spüren und richtig **erdig!** machen.

In unserer heutigen Zeit ist es üblich, dass unsere Kinder ständig Schuhe an den Füßen tragen. Vor allem im Sommer sollten die Kinder auf die noch so hübschen Badeschuhe verzichten, wenn sie nicht aus signifikanten Gründen erforderlich sind. Die positive Wirkung - auf den gesamten Körper - beim Barfuss gehen ist nicht zu unterschätzen, vielleicht schreibt ja einmal ein Arzt ein Buch über die gesundheitlichen Vorteile von unbeschuhtem Gehen. Es würde meinem Wissen nach viele Seiten füllen, denn allein durch meine Ausbildung als Fußreflexzonenmasseurin bin ich über zahlreiche Vorteile des barfuss Gehens informiert.

der Solarplexus

Der **Solarplexus** ist wie ein magischer Zauberkraftpunkt!
Solarplexus wird ein wichtiges Energiezentrum in unserem Körper genannt, dass durch Berühren unser gesamtes Wohlbefinden gesteigert werden kann. Der Sitz ist zwischen der Brust, dort, wo die Rippenknochen in der Mitte zusammenfinden. Lege hier sanft deine warme Handfläche darauf und atme ein paar Mal tief ein und aus. Hier ist der Sitz des Verdauens, sowohl körperlich, als auch seelisch. Der Solarplexus, auch Sonnengeflecht genannt, steht in unmittelbarer Verbindung mit unserem vegetativen Nervensystem. In der Reflexzonenbehandlung ist das Sonnengeflecht mit dem Zwerchfell als Beeinflussungszone bei psychischen Alterationen bekannt. Bei einem Magenkranken können die Zonen des Sonnengeflechtes genauso behandlungsbedürftig sein wie die Zonen des Magens selbst.
Mit dem Wissen um diesen „magischen Kraftpunkt" kannst du immer wieder für dich selbst und auch für deine Lieben viel Gutes tun, wenn du deine Hand liebevoll und bewusst auf den Solarplexusbereich legst. Nicht nur, wenn du oder dein Kind krank bist, jeden Tag, immer wieder zwischendurch, zum Beruhigen und Entspannen. Ein paar unterstützende Gedanken können helfen, deinen Körper zu entlasten:

schmerzlichen Erinnerungen lösen sich auf,
emotionale Verwirrung klärt sich,
Sorgen, Ängste, Kummer verschwinden
Gier, Neid und Sucht ,
vieles, was dich an dir und anderen stört,
wird umgewandelt in ein gutes Gefühl,
in Frieden, Harmonie, in Wärme und Liebe.

Du wirst nicht blitzartig von all deinen Problemen befreit sein, wenn du diese Entspannungsübung machst, aber wenn du Gefallen daran findest, weil du merkst, dass dir irgendetwas daran gut tut, dann wirst du diese Übung wiederholen und nochmals wiederholen. Vielleicht kreisen deine Gedanken momentan um ein besonders aktuelles Problem, vielleicht hast du gerade Kummer wegen einem traurigen Umstand, auf den du aktiv wenig Einfluss nehmen kannst.
Mit dem Handauflegen auf den Solarplexus tust du dir auf jeden Fall etwas Gutes und du kannst es noch mit deinen eigenen Gedanken und Worten, ob laut oder leise, praktizieren, wo und wann immer du willst. Das ist eine sehr einfache und guttuende Übung.

Mache dir wieder bewusst, dass deine Gedanken äußerst kraftvoll sind. Nutze sie für viel Gutes in deinem Leben. Pole sie um in positive, wohlwollende Energieströme, die dir und anderen von Nutzen sein können.

Liebevolle Berührung macht glücklich, fröhlich, aktiviert unsere Kraftquelle, macht zufrieden, ist ein kostbares Geschenk, ist lebensnotwendig.
Liebevolle Berührung macht Lust auf mehr!

****

Ich persönlich verwende sehr gerne Grapefruitkernkapseln aus der Apotheke oder dem Reformhaus. Sie unterstützen mit ihren Vitalstoffen aus den Kernen und den weißen Fruchtwänden meine Gesundheit in der kalten Jahreszeit und beugen

Pilzproblemen im Verdauungstrakt und an der Haut und Nägeln vor.

HARNWEGSINFEKTE

Viele Frauen, vor allem auch sehr junge, die mit der Mode mitmachen und Sommer wie Winter bauchfrei herumlaufen, bedürfen in erster Linie zwar einem Umdenken, was Schönheit und Gesundheit betrifft, aber auch unterstützende Mittel, wie: Viel Tees und gesunde Säfte. Goldruten, gelbe Taubnessel, Bärentraubenblätter- und Preiselbeerblättertee ist eine gute Mischung, aber auch dem Preiselbeersaft sagt man eine gute Wirkung bei Blasen- und Harnwegsbeschwerden nach. Er wird vor allem auch zur Vorbeugung gegen Infekte dieser Art empfohlen. Viel Trinken ist sehr wichtig!

STIRN- und NEBENHÖHLENENTZÜNDUNG

Viel Meerrettich (Kren) essen, ebenso rohe Zwiebel. Möglichst lange im Mund lassen, damit die ätherischen Öle in den letzten Winkel gelangen.
Wärmeanwendungen mittels Infrarotlicht. Viel Tee trinken! (Lindenblüten, Kamille, Salbei)
Regelmäßig mit Wasserdampf (entweder Meersalz oder Kamillenblüten zufügen) inhalieren.

OHRENSCHMERZEN, Mittelohrentzündung:
Ich bereite in dem Fall einen Zwiebelwickel, bis ich zur Kontrolle und Abklärung der Situation bei einem Arzt bin. Zu Hause hat man kein Gerät um das erkrankte Ohr genau zu untersuchen, deshalb sollte man sich unbedingt von einem Arzt seines Vertrauens unterstützen lassen.
Ein Zwiebelwickel wird folgendermaßen gemacht: Ein weiches Baumwolltuch, groß genug, damit man es um den Hals wickeln kann, füllt man mit einer frisch geschnittenen Zwiebel. Man wickelt die Zwiebel nun in das Tuch ein und hüllt das Tuch so um den Hals, dass der gefüllte Teil hinten im Genick sitzt. So verbleibt man, solange man es aushält.
Mit einem geeigneten Arzt als verlässlichen Partner lässt sich sogar eine Mittelohrentzündung mit homöopathischen Mitteln ausheilen. Es stehen zur Schmerzlinderung leichte Mittel zur Verfügung, sodass man ohne Antibiotikum auskommen kann. Ich kann das wirklich bezeugen. Ich habe einen erfahrenen Arzt an meiner Seite, der mich in dieser Behandlungsweise mit Ruhe und Zuversicht begleitet hat.

ABSZESS

Hier kommt noch so ein außergewöhnlicher Rat aus unserem ganz persönlichen Erfahrungsschatz. In unserer Familie litt jemand einige Male an einem eitrigen Abszess an unterschiedlichen Stellen. Gott sei Dank war immer eine warme Jahreszeit und es wuchs reichlich Breitwegerich im Garten. (Es wuchert wie Unkraut in der Wiese, ist aber ein geniales Kräutlein!) Ich sammelte jeweils

eine gute Handvoll davon, zerschnitt und zerdrückte die gewaschenen Blätter sorgfältig, legte sie auf ein sauberes Tuch und legte diese Kräuterzubereitung direkt auf das Abszess. Um es am Platz zu halten, kann man es eventuell mit Pflaster festbinden. Die gut feuchten Breitwegerichblätter entfalten ihre Kräfte, in dem sie anfangen, alles „herauszuziehen". Alle paar Stunden muss man neue Blätter auflegen, bis das Abszess reif geworden ist, aufgeht und das Eiter herausrinnt. Befreit von den Schmerzen, kann der Patient nun mit Ferrum phosphoricum in Pulverform weiterverarztet werden, bis die Stelle völlig trocken und ausgeheilt ist.
Ich habe einen lieben Cousin, der als Kind unter einer ernsten Krankheit zu leiden hatte. Morbus Chron. Seine Mutter wusste damals schon um die heilende Wirkung von diesem unscheinbaren Kräutlein und wurde nie müde, ihrem Kind damit Umschläge zu bereiten. So wurde auch uns schnell die großartige Wirkung von Breitwegerich bekannt.

BLÄHUNGEN

Weiche „Streichungen" sind das Mittel in diesem Fall. Nimm das Händchen und kreise spiralförmig in den kleinen Handflächen. Streiche sanft den Handrücken und die Fingerchen, dehne vorsichtig und langsam die hand in alle Richtungen, denn so erreichst du das vegetative Nervensystem ebenso wie den Darm.

Hast du selbst, oder in deinem Bekanntenkreis ein Baby, das von zeit zu zeit von Blähungen geplagt wird, dann besorgst du dir vielleicht ein Massageöl und machst das Massieren der Magen- Darmzone regelmäßig. Da die kleine Kinder ihre Fingerchen so gerne in den mund stecken, darf nicht jedes beliebige Öl dazu verwendet werden, sondern es muss mit Bedacht gewählt werden. Diese Mischung wäre zum Massieren der Babyhand empfehlenswert: Kamillenöl, Mandelöl, Sesamöl, - jeweils 10 ml.
Eine Mischung aus Fenchelfrüchte und Kümmelfrüchtetee tut dem Kind und der stillenden Mutter gute Dienste.

WINDPOCKEN

Bei vielen Kindern zeichnen sich Windpocken als eine harmlose Kinderkrankheit aus. Manchmal mit etwas Fieber begleitet, ist hauptsächlich aber das Jucken der manchmal über den ganzen Körper verstreuten sekretgefüllten Pusteln unangenehm.
Gegen das Jucken stehen uns zwei hervorragende Globuli zur Verfügung:
entweder: Mucuna pruriens (Dolichos pruriens) D6,
oder: Rhus Toxicod D3o.
Äußerlich verwendet man entweder eine Zink Schüttelmixtur aus der Apotheke, oder nimmt Heilerde von Luvos. (auch aus der Apotheke)
Viel trinken, die Nieren beim Entgiften unterstützen mit einem gesunden Kräutertee, dem auch Goldrute beigemischt ist.

Mit unseren älteren Kindern waren wir gerade bei einem mehrwöchigen Meerurlaub. Da die Kinder kein Fieber hatten, durften sie im Meer schwimmen, wir reduzierten nur die Stundenanzahl der starken Sonnenbestrahlung. Das Salzwasser brannte ihnen nicht auf der Haut, vielmehr reinigte es und verhalf durch seinen hohen Salzgehalt zu einem raschen Heilungsprozess.

KAPITEL6:

DEIN WEG

Vielleicht fragst du dich manchmal:
Wie begegne ich meiner eigenen Verunsicherung, welcher Weg für mich denn nun der richtige ist?

Es ist ein erfreulicher Trend zu bemerken: Die Nachfrage nach Produkten mit „natürlichem Inhalt" wächst. Im Laufe deiner Elternschaft werden dir die unterschiedlichsten Tipps zukommen, verschiedene ärztliche Meinungen begegnen. Das ist normal, weil wir Menschen Gelerntes und Empfohlenes sehr individuell aufnehmen, an uns und Anderen auf unsere sehr persönliche Art und Weise dann umsetzen, auf diese Handlungen dann wieder individuell reagieren, persönliche Erfahrungen durch diese Handlungen machen und somit logischerweise sehr persönliche Empfehlungen weitergeben, die dann ihrerseits wieder individuell ausgeführt werden. Daraus ergibt sich dieses fröhliche bunte Gemisch aus Gelerntem, praktischen Erfahrungen, Ratschlägen und Meinungen.
Diese Vielfalt an Informationen und was denn nun das RICHTIGE für mich und meine Kinder sei, kann durchaus verunsichern. Lass für einige Zeit der Verwirrung und Unsicherheit keinen Raum mehr, - komm zur Ruhe und höre nach innen. Wenn du verzweifelt Rat und Hilfe suchst, dann bete zu Gott um Hilfe. Gebete werden i m m e r erhört!

Deine innere Stimme

Bist du nun für eine Weile ganz ruhig, dann lausche auf deine innere Stimme. Was sollst DU tun? Was ist für DICH und DEIN KIND gut? Welcher Weg ist für DICH bestimmt?

Anfangs ist die innere Stimme noch sehr leise, bist du aber erst gewöhnt daran, deine innere Stimme in dir zu wecken, dann wird sie sich immer deutlicher äußern. Wenn dir deine innere Stimme nun etwas völlig Neues, Ungewohntes signalisiert, dann darfst du auch den Mut haben, dazu zu stehen. Die innere Stimme weicht oftmals stark von alten, gewohnten Verhaltensmustern ab. Umgib dich mit Menschen, die dich auf deinem Weg positiv unterstützen, Menschen, die deine Anschauungen nicht teilen und vielleicht sogar abwerten, vertraue nur die Dinge an, bei denen du auch die Kraft und den Willen hast, sie mit ihnen zu diskutieren.

Als ich damals plante, mein viertes Kind zu Hause auf die Welt zu bringen, wusste ich trotz meiner eigenen sicheren Überzeugung, dass es für mich die richtige Wahl ist, diese Entscheidung nur „ausgesuchten" Personen anzuvertrauen. Ich organisierte mir Videomaterial zu diesem Thema aus dem Entbindungsheim in Nussdorf, Wien, sprach mit einer freipraktizierenden Hebamme über meinen Wunsch und umgab mich mit vielen wohlwollenden und positiv motivierenden Gedanken zu dem bevorstehenden Ereignis. Kein angsterfülltes „Aber, wenn", konnte dadurch in meinem Wesen Platz bekommen, weil ich mich

bewusst vor bestimmt gutgemeinten Kommentaren von vorneherein geschützt habe.
Wenn man sich aktiv und bewusst mit vielem Guttuendem, Kraftspendendem und Unterstützendem umgibt, dann macht man sich das Leben automatisch leicht und fröhlich.

Vielleicht ist es für dich auch interessant zu wissen.
Unsere Kinder sind nicht geimpft. Ja, ich übernehme bewusst sehr viel Verantwortung auf diesem Gebiet, weil ich überzeugt davon bin, dass die Impfungen selbst sehr großen gesundheitlichen Schaden anrichten können. Außerdem halte ich Krankheiten ja nicht für einen willkürlichen Schicksalsschlag, sondern vielmehr als intensive, oft sehr an die Grenzen gehende Erfahrungs- und Entwicklungsmöglichkeit. Es gibt Ärzte, die meine Meinung dazu teilen und meinen Weg vollkommen unterstützen.

Vielleicht wird es in deinem Leben durch deine Art, künftig mehr deiner inneren Stimme zu vertrauen, dazu kommen, dass sich dein Freundeskreis verändert?
Wir Menschen begleiten uns durch manche Zeit aus unterschiedlichen Gründen. Menschen verändern sich und Freundschaften dadurch auch. Jeder Mensch, dem man irgendwann einmal nahe gestanden ist, hatte seine ganz besondere Bedeutung für unsere Entwicklung. Manche von uns denken zornvoll und verärgert über alte Freundschaften, andere wiederum trauern um einen guten Freund. Ich sage, alle Beziehungen waren zur jeweiligen Zeit auch sinnvoll und somit gut, denn

man nimmt aus jeder Beziehung irgendetwas „mit". Zorn, Ärger, Wut, aber auch Trauer schaden uns, wenn wir diese Zustände unkontrolliert leben. Wir sollten unsere Gefühle betrachten, erkennen und wenn man großes Leid darunter spürt, wenn nötig auch mit professioneller Hilfe Erlösung suchen und finden.

KAPITEL 7:

Tees, Homöopathie, Bachblüten und Schüsslersalze.

---Was ich dir noch unbedingt sagen möchte:

ERINNERE dich: Tee wird für Kinder generell schwach zubereitet, wenige Blätter genügen! Überbrühe die Teekräuter mit heißem Wasser, statt sie mit dem Wasser gleich gemeinsam aufzukochen! (außer es wird ausdrücklich darauf hingewiesen, dass die Teemischung in kaltem Wasser angesetzt und danach erst langsam aufgekocht wird - ist meist nur bei Fruchttee empfohlen). Süße mit Honig, wenn der Tee nicht mehr zu heiß ist!

Generell gilt für homöopathische Mittel:

Setze sie nicht unnötig elektromagnetischer Strahlung aus, das heißt:
Hochwertige Produkte niemals neben einen Computer, Fernseher, Mikrowelle, Laptop oder ein Handy stellen. Ich habe in meiner Apotheke darum gebeten, dass man mir die hochwertigen Produkte auch nicht abscannt, um den Preis einzugeben. Wenn ich etwas kaufe, dann tippen die Angestellten der Apotheke für mich den Preis liebenswürdigerweise mit der Hand in die Kassa. Mancher meint vielleicht, das ist wie ein Tropfen auf den heißen Stein, ich weiß aber, dass ich dem hochwertigen Präparat wenigstens einmal die unnotwendige, störende, elektromagnetische Be-

strahlung durch den Scanner erspare, und das ist gut so.

Bachblütenmischungen für Kinder:

„Holly" ist eine Blüte für alle entzündeten, gereizten Zustände. Man setze sie ein, um sich bei Bedarf von „innerem Müll" leichter befreien zu können. Anhaltende trübe Gedanken können dazu führen, einen Menschenkörper zu verschlacken. Holly unterstützt auf subtile Art dabei, sich von ungesunden Ansammlungen im Körper leichter und auch effizienter zu lösen.

Kinder lieben im Allgemeinen die Bachblütenmischungen sehr. Sie schätzen die magische Wirkung der Essenzen wunderlicherweise solange, bis sich die Wirkung vollzogen hat und die Blütenmischungen nicht mehr notwendig sind. Kindern und Menschen, die sich nicht ausschließlich nach ihrem Kopf richten, sondern auch ihre innere Stimme gerne als Hinweis nehmen, werden Bachblüten ein Leben lang immer wieder ein wertvoller Begleiter sein.

Bachblütenmischungen mit Alkohol schmecken besser als mit Essig.

Ich persönlich, habe das komplette Bachblütenset mit allen 38 Stockbottles zu Hause, um bei Bedarf selbst und sehr individuell gewisse Mischungen herzustellen. Dazu verwende ich immer nur klares Wasser ohne Alkohol oder Essig als Stabilisator, denn die Mischungen werden ohnehin recht rasch konsumiert. In ein 30ml Glasfläschchen werden 3

Tropfen der jeweiligen Bachblütenessenz geträufelt. Der Rest ist Wasser.
Bachblütenberatungen sind eine heilbringende Lösungsmöglichkeit von akuten und alten Problemen aller Art. Ich schätze diese Lebensberatungen sehr, weil sie mich immer wieder ein Stückchen mehr zu meinem wahren Selbst, zu meinen wahren Bedürfnissen hingeführt haben.

Auch Tiere und Pflanzen gedeihen gut mit Homöopathie und Bachblüten.
Katzen und Hunde schlecken liebend gerne Schüsslersalze in ihrem Futter, unsere Katzen bekommen Globuli (Euphrasia D12) zum Beispiel bei Augenproblemen.
Gärtner der Blumeninsel Mainau setzen bereits seit vielen Jahren auf homöopathische Mittel bei der Pflege der Blumen.
Ich habe einmal in unserem Garten einen dahinkränkelnden Pfirsichbaum, dem ich eigentlich nicht mehr viele Chancen gab, mit regelmäßigem Besprühen von der Bachblüte: Grab Apple zum kräftigen Lebenszeichen geben, verholfen. Er trug in diesem Sommer extrem viele Früchte.
In unserem Leben haben wir eine große Auswahl an wundervollen Hilfsmitteln aus der Natur. Es ist klug sie zu nützen.

Wissenswertes zur Energiearbeit:

Wenn du Lust verspürst, deine Hände künftig mehr für energievolles, liebevolles Tun einzusetzen, dann bedenke: alles was du tust, kannst du durch deine positiven Gedanken noch verstärken! Reibe deine Handflächen kräftig aneinander - so

erwärmst du deine Hände und steigerst das Energiepotential! Nimm dir Zeit ohne Ablenkungen und Störungen von Außen, denn diese Augenblicke sind kostbar!
Die 12 wichtigsten Schüsslersalze im Überblick:

1. Calcium fluoratum (Kalziumfluorid Flussspat): Wichtigstes Mittel für das Stütz- und Bindegewebe. Anwendung bei Bindegewebsschwäche, Krampfadern, Hämorrhoiden, Haltungsschwäche. (D3 = rezeptpflichtig)
2. Calcium phosphoricum (Kalziumphosphat): Biochemisches Aufbau- und Kräftigungsmittel. Anwendung bei schlecht heilenden Knochenbrüchen, zur Unterstützung bei Rachitis und in der Rekonvaleszenz.
3. Ferrum phosphoricum (Eisenphosphat): Hauptmittel für das 1. Entzündungsstadium (Rötung, Schwellung). Anwendung bei Blutarmut, Konzentrationsmangel, Durchblutungsstörungen mit rheumatischen Beschwerden. Anwendbar auf allen offenen und auch eitrigen Wunden (resorbiert das Eiter). Nach blutenden Zahnbehandlungen, bei blutenden Knien oder Ellbogen nach Stürzen.
   Ich behaupte aus vielen überzeugenden Erfahrungen über viele Jahre bei großen und kleinen Wunden, dass dieses Schüßlersalz ein absolutes Wundermittel ist und in keiner Familie fehlen sollte!
4. Kalium chloratum (Kaliumchlorid): Hauptmittel für das 2. Entzündungsstadium

(fibrinöse Entzündungen). Anwendung bei Mandel-, Bauchfell-, Brustfell-, Mittelohr-, Lidrand- und Bindehautentzündung, Bronchitis, Sehnenscheidenentzündung.

5. Kalium phosphoricum (Kaliumphosphat): Anwendung bei allgemeinen Erschöpfungszuständen, Überregbarkeit, Gedächtnisschwäche.
6. Kalium sulfuricum (Kaliumsulfat): Hauptmittel für das 3. Entzündungsstadium (eitrig–schleimige Sekretion): Zur Förderung der Ausscheidungs- und Entgiftungsvorgänge, bei chronischen Schleimhautkatarrhen.
7. Magnesium phosphoricum (Magnesiumphosphat): Anwendung bei allen schmerzhaften Krampfzuständen, Neuralgien, Migräne, krampfhafter Verstopfung. Senkt den Cholesterinspiegel. Mit der Nr. 7 bereitet man sich eine „heiße 7!", das bedeutet: heißes oder kochendes Wasser über ein paar Salze gießen, mit einem Plastik!löffel (absolut kein Metalllöffel!) schluckweise löffeln. Heiß zugeführt, wirkt Magnesium phosphoricum am wirksamsten. Dieses Schüsslersalz ist das einzige, das heiß genommen wird. Bei starken Schmerzen und Krampfzuständen kann die übliche Dosis weit überschritten werden, man löst dann etwa 10 Tabletten in heißem Wasser und trinkt in Minutenabständen kleine Schlucke.
8. Natrium chloratum (Natrium muriaticum, Natriumchlorid, Kochsalz): Wichtigstes Mit-

tel zur Aufrechterhaltung des Säure- Basen- Gleichgewicht, reguliert den Wasserhaushalt, regt die Blutbildung an.

9. Natruim phosphoricum (Natriumphosphat): Anregung der Stoffwechselausscheidung
Neutralisiert überschüssige Säuren.

10. Natrium sulfuricum (Natriumsulfat, Glaubersalz): Regt die Ausscheidungsvorgänge an und wirkt entschlackend und entgiftend. Anwendung bei Fettsucht und funktionellen Störungen des Leber - Galle - Systems.

11. Silicea (Kieselsäure): Wirkt besonders auf das Bindegewebe. Anwendung
Bei allen eitrigen Prozessen, bei Wachstumsstörungen an Haaren und Nägeln, schlechter Heilungstendenz der Haut, allgemeines Regeneraionsmittel.

12. Calcium sulfuricum (Kalziumsulfat): Wie Silicea bei allen chronischen Eiterungen.

Für erwähnenswert halte ich auch noch die Nr. 24, Arsenum jodatum (Arsentrijodid), weil man damit: Heuschnupfen, Akne behandeln kann. Gerade bei Heuschnupfen haben wir in unserer Familie mit diesem Mittel sehr gute Erfolge erzielt.

Dosierung:
In akuten Fällen nimmt man etwa alle 10 Minuten 2 Tabletten.
In chronischen Fällen 3 bis 6-mal täglich 2 Tabletten.
Die Tabletten lässt man langsam im Mund zergehen.

Während der Behandlung sollten starke Reize wie: Nikotin, Alkohol, besonders scharfe Gewürze, am idealsten auch Kaffee und Pfefferminze, vermieden werden.

Für die Selbstbehandlung mit biochemischen Mitteln gelten die gleichen Grundsätze wie für jede andere Art der Selbstmedikation. Alle länger anhaltenden Gesundheitsstörungen, alle schweren Organerkrankungen, heftige fieberhafte Prozesse, ansteckende Krankheiten und weiters alle Krankheiten, die über das übliche Maß hinausgehen, sollten mit einem fachkundigen Arzt abgesprochen werden.

Die wichtigsten homöopathischen Mittel - GLOBULI - bei fieberhaften Infekten

Wenn ein Körper anlassbedingt mit Fieber reagiert, kann man Grund zur Freude haben! Es bedeutet, dass er (noch) reaktions- und regulationstüchtig ist!
Du musst nicht gleich zu fiebersenkenden Medikamenten greifen, das schadet dem Körper eher, als es Nutzen bringt. Ich habe meinen Kindern noch nie ein Fieberzäpfchen verabreicht, und das in beinahe 20 Jahren.
In der Apotheke bekommst du hervorragende homöopathische Zäpfchen (für die Nacht). Du kannst diesen Produkten vertrauen, sie wirken sehr gut.
Grundsätzlich gilt bei Fieber: durch die erhöhte Temperatur ist es dem Körper möglich, mehr Abwehrzellen als es sonst möglich wäre, zu produzieren. Und das ist ein Zeichen, dass die Infektabwehr aktiviert ist.
Ein allgemeines Mittel gegen grippale Infekte gibt es in der Homöopathie nicht, weil die Auswahl des Mittels nicht nach der Diagnose, sondern viel mehr nach den individuellen Symptomen, erfolgt.
Fieberhafte Infekte der oberen Luftwege stellen eine gute Indikation zum Einsatz homöopathischer Mittel dar. Der Erfolg stellt sich beim richtig gewählten Mittel rasch ein. Eine allgemeine Erleichterung der Symptomatik muss rasch spürbar sein, sonst muss man ein neues Mittel suchen. Die 3 wichtigsten und auch bekanntesten Mittel bei fieberhaften Infekten sind:
Aconit D30,
Belladonna D6 D30,
Ferrum phosphoricum D12.

Aconit D30 ist immer das Mittel des Anfangs. Es ist schon wirksam, wenn man sich gerade erst verkühlt hat. War man kaltem, windigem Wetter ausgesetzt, stellt sich das typische Kältegefühl im Körper ein, - von dem man schon ahnt, dass es in einen Infekt übergehen wird, dann ist Aconit angezeigt. Es wirkt auch im ersten Stadium einer Virusinfektion, wenn der Patient kränklich und „glasig" aussieht, aber sonst noch nicht zu stark ausgeprägte Symptome vorhanden sind. Es gelingt mit diesem Mittel oft, den beginnenden Infekt noch in diesem Stadium „abzufangen".
Fieber darf eingesetzt haben, mit steigender Tendenz, der Patient darf aber noch nicht schwitzen! Unruhe, eventuell angstvolles hin und herwerfen im Bett, mit dem Verlangen nach kaltem Wasser und Öffnen der Fenster - wegen der inneren Hitze - da kann Aconit gute Dienste tun. Ein trockener, schmerzhafter Husten kann das Bild begleiten. Aconit lindert in diesem Fall die Beschwerden, bessert das Allgemeinbefinden und führt eventuell zu einem Schweißausbruch. Ab diesem Zeitpunkt wird ein neues Mittel erforderlich.
Dosierung: eine Gabe (1 X 5 Globuli) bei Beginn des Infektes, eine zweite Gabe bei Auftreten von hohem Fieber (das meist gegen Abend erfolgt).
Viel häufiger sollte Aconit nicht verabreicht werden, da sonst auch eine Verschlimmerungsreaktion hervorgerufen werden kann.
In niedriger Potenz (D3) ist Aconit in vielen verschiedenen homöopathischen Grippemitteln enthalten und wird als Komplexmittel öfters eingenommen.
Belladonna D6, D30 folgt auf Aconit, wenn der Patient im Fieber zu schwitzen beginnt. Das Ge-

sicht ist hochrot glühend, feucht, der Patient verträgt kein Licht, keine Geräusche und keine Erschütterung. Belladonna vermag das Fieber zu senken und die subjektiven Beschwerden bessern sich. Der Zustand ist oft von starken Halsschmerzen mit einem flammend geröteten Rachen und trockenen Schleimhäuten gekennzeichnet. Reizhusten, vor allem nach dem Hinlegen ist symptomatisch.
Dosierung: Belladonna D30 nur ein bis dreimal verabreichen, während D6 durchaus öfter gegeben werden kann.
Ferrum phosphoricum D12 wird für alle akuten Entzündungen empfohlen. Das Gesicht erscheint einmal rot, einmal blass. Auffallend ist, dass sich der Patient manchmal recht gut fühlt, Kinder spielen wollen und gar nicht daran denken, ins Bett zu gehen.
Ansonsten ähnelt das Beschwerdebild dem von Belladonnapatienten.
Dosierung: anfangs halbstündlich bis stündlich bis zum Eintritt der Besserung, danach erst wieder bei neuerlichem Einsetzen einer Verschlechterung.

Weitere hilfreiche Mittel sind:

Gelsemium D4 hift bei einer „Kopfgrippe" mit starkem Stauungsgefühl im Kopf, Kopfschmerzen mit einem Druck hinter den Augen. Müdigkeit, Benommenheit und ein ausgeprägtes Schlafbedürfnis sprechen für dieses Mittel. Fieber erreicht seinen Höhepunkt bereits am Nachmittag, ein auffallendes Symptom ist die Durstlosigkeit trotz Fieber.
Gelsemium hilft auch bei einer Sommergrippe gut.

Eupatorium D4 verwendet man bei einer schweren Grippe. Zerschlagenheitsgefühl mit massiven Gliederschmerzen steht dabei im Vordergrund. Der Patient findet keine ruhige Lage im Bett. Husten ist schmerzhaft und die Kopfschmerzen werden durch das Husten noch stärker. Wunder Kehlkopf und Schnupfen, Fieberanstieg am Morgen mit Schüttelfrost, der für dieses Bild typisch ist.

Chamomilla D6 wirst du gut brauchen können, wenn dein Kindchen extrem fordernd und durch Nichts zu beruhigen ist. Heftiges Wiegen des Kindes hilft nur kurz. Fieberhafte Infekte mit Wechsel von Frost zu Hitze, die Haut ist feucht, vielleicht brennend. Hochgradige UNRUHE des Kindes.
Chamomilla- Kinder sind überempfindlich gegen Schmerzen, brüllen laut und zornig. Alle Beschwerden verstärken sich nachts.
Chamomilla ist ein wichtiges Mittel bei ZAHNUNGSBESCHWERDEN von Kindern!

Pulsatilla D6, hier sind die Kinder nicht zornig und unruhig, sondern mitleiderregend weinerlich. Das Pulsatilla- Kind will herumgetragen werden, getröstet und gehalten werden. Es fehlt vollkommen die Reizbarkeit von einem Chamomillazustand. Typisch ist ein Schnupfen mit mildem Sekret.

Komplexmittel:
Da es nicht immer leicht ist alleine zu Hause das richtige Mittel zu finden, vor allem weil die Symptome im Laufe eines Infektes wechseln können und somit ein neues Mittel erforderlich wird, ste-

hen uns zahlreiche homöopathische Komplexmittel zur Verfügung.

Beherzige bitte bei der Anwendung von Hausmitteln, nicht nur homöopathischer, folgende wichtige Regel: Wenn sich die Symptome nicht bessern, wenn du Angst bekommst, dann ziehe den Rat eines Arztes deines Vertrauens hinzu.

ZUR KINDERJAUSE

Ich hatte schon in meiner aktiven Zeit als Kindergartenpädagogin Probleme damit, zuzuschauen, wenn „meine" Kinder bei der Jause ihre gespritzten Orangen, Mandarinen oder Bananen abgeschält haben. Die kleinen Fingerchen arbeiteten mühevoll an der giftigen Schale herum um hinterher zufrieden über die gelungene Aufgabe ein paar saftige Fruchtstücke in den Mund zu schieben.
Zu der damaligen Zeit war biologisches Obst nur in Form von Äpfeln zu bekommen und so versuchte ich bei den Elternabenden die Mütter für dieses Obst zu gewinnen.
Und wie es im Leben so ist, - manche Eltern konnte ich überzeugen, für Andere hatte die Abwechslung des Speiseplans auch eine Wichtigkeit.

Heute haben wir ein viel größeres Angebot an biologischen, ungespritzten Obst.- und Gemüsesorten beinahe in jedem Supermarkt. Die Abwechslung ist leicht, für manche ist der Preis ein Argument für die persönliche Wahl.
Wer biologisch einkauft, unterstützt seine Gesundheit in einem wichtigen Maß!

Gesunde Ernährung sollte „Bio" sein.
Was kleine Kinderfinger angreifen, um es zu essen, sollte frei von Chemikalien sein. Ich plädiere aus diesem Grund für absolut ungespritztes Obst und Gemüse zur Kinderjause.

Da lauern große Gefahren!

Mehr als 11oo Kinder unter 15 Jahren müssen in Österreich jährlich nach einer Vergiftung, oder dem Verdacht auf eine Vergiftung stationär im Krankenhaus aufgenommen werden. Ungefähr die Hälfte davon sind Kinder unter 5 Jahren. Kleinkinder haben noch keine Angst vor Gefahren und sind somit auf das wache Bewusstsein und den Schutz der Erwachsenen angewiesen. Medikamente sollten grundsätzlich versperrt sein und sich außerdem in Originalverpackungen befinden.
Haushaltschemikalien wie Abflussreiniger, Grill- und Backrohrreiniger oder Essigessenz müssen ebenso einen absolut kindersicheren Platz bekommen. Besonders gefährlich für Kinder sind Chemikalien, die in andere Flaschen umgefüllt worden sind. So stellen zweckentfremdete Mineralwasserflaschen - auch wenn sie mit einem passenden Etikett oder Hinweis versehen sind - eine enorme Gefahrenquelle dar. In Lebensmittelgebinde gehören ausschließlich die originalen Produkte hinein!
Produkte in Keller und Garage müssen ebenso kindersicher aufbewahrt werden, auch wenn diese Orte für Kinder kein offizieller Spielplatz sind, hat gerade diese Umgebung auf Kinder oft eine enorme Anziehungskraft. Farben, Lacke, Brennspiritus, Motoröle, Leime und viele andere Materialien ge-

hören absolut sicher verstaut, damit die kleinen Spürnasen sicher sind, wenn sie einmal unbemerkt den Raum durchforsten.
Große Vorsicht ist auch bei vielen Kosmetikartikeln geboten. Nagellacke und die dazugehörigen Entferner, Puderdosen, Parfüms und Sprays, Haarfärbeprodukte und Make -up bitte unbedingt achtsam aufbewahren.
Wenn dein Kind bei anderen Personen spielen darf, sei wachsam und äußere mit genug Selbstbewusstsein deine Bedenken, wenn dir eine Gefahrenquelle auffällt. Großeltern stellen ihr Waschpulver manchmal auf den Boden neben die Waschmaschine.
Bei kinderlosen Ehepaaren gelten auch unbekümmertere Regeln, weil sie sich gewisse Vorsichtsmaßnahmen ersparen können. Bist du dort mit kleinen Kindern eingeladen, dann behalte sie in diesem Fall besonders gut im Auge.
Auch wenn du einen sehr gepflegten Haushalt führst, kann es einmal vorkommen, dass ein Stück Brot schimmlig wird, oder im Joghurt, auf Obst, oder auf der Marmelade ein kleines Schimmelpilzchen zu sehen ist. Bitte entferne nicht nur den befallenen Teil des Lebensmittels, sondern entsorge in diesem Fall das ganze Produkt zur vollen Gänze. Schimmelpilz kann unsichtbare Fäden ziehen und ist höchst ungesund. Im Interesse von deiner und der Gesundheit deiner Lieben, entscheide dich im Falle von Schimmel immer für die komplette Entsorgung!
Auf viele Chemikalien in Haus und Garten kann man völlig verzichten. Es lohnt sich nach guten Alternativen zu suchen, denn du lebst somit selbst gesünder und tust viel Gutes für die Umwelt.

Ich glaube, ich missioniere in meiner Familie ein bisschen, was die Müllvermeidung und Mülltrennung betrifft. Mir ist es wirklich sehr wichtig, unseren Müll nach unseren momentan zur Verfügung stehenden Möglichkeiten ordentlich zu trennen. Es finde es sehr gut, dass wir das Altpapier sammeln können und dass daraus wieder neues Papier gemacht wird. Ich freue mich, dass wir in einem Land leben, wo altes Glas, Metall und Verpackungsmaterial resyclet wird, denn nicht in allen Ländern der Erde haben die Menschen dieses gute Verständnis dafür. Ich habe Länder bereist, da wird mir ganz angst und bange zumute, wenn ich an die dortigen Müllhalden denke.
Ich weiß, hier habe ich die Möglichkeit, etwas zu tun, um die riesigen Berge von Müll ein bisschen einzuschränken - indem ich bewusst trenne. Wenn du auch so darüber denkst- und deine Freunde ebenso, dann bleibt es kein Tropfen auf den heißen Stein.

ZIMMERPFLANZEN für ein gesundes Raumklima

Vor allem in der kalten Jahreszeit, wenn alle Räume geheizt werden, erzielt man sehr schnell zu trockene Raumluft, dieser Zustand ist schlecht, weil zu trockene Raumluft die Schleimhäute austrocknet. Es ist nicht jedermanns Sache, im Wohnzimmer oder in den Kinderzimmern die großen Wäscheständer aufzustellen. (Ich mache das schon, am liebsten über Nacht, uns stört das nicht, weil die Vorzüge überwiegen).

Wem ein gesundes Raumklima am Herzen liegt, der besorgt sich vielleicht einen Zimmerbrunnen, einen Raumluftbefeuchter, oder stellt sich schöne Pflanzen ins Zimmer, die hervorragende Arbeit leisten. Zyperngras ist zum Beispiel eine von diesen großartigen Klimaverbesserern. Sie liebt es im Wasser zu stehen und es verdunstet jeden Tag ein Großteil der Wassermenge in dem Raum, in dem sie steht. An dieser Pflanze kann man deutlich sehen, wie viel Wasser das effektiv ist. Jeder Gärtner weiß über ungiftige Zimmerpflanzen Bescheid, die dazu nützlich sind, ein gesundes Raumklima zu erzeugen. Der Grünlilie (Chlorophytum) sagt man zum Beispiel nach, dass sie imstande ist, Formaldehyd in Aminosäuren umzuwandeln.
Die Aloe Vera entzieht einem Raum ebenso Schadstoffe, ist absolut anspruchslos und darüber hinaus zur Hautpflege hervorragend geeignet. Will man sich pflegen und verwöhnen, schneidet man ein Stückchen vom Aloestengel ab, trägt das hervortretende Gel auf die Hautpartien auf und versorgt sich auf diese Art und Weise mit einer äußerst hochwertigen und günstigen Hautpflegesubstanz. Die Aloe Capensis ist laut HAB* und EAB* offiziell für medizinische Darreichungen zugelassen. Sie hat biogene Stimulatoren, deren Wirkung für eine Vielzahl von körperlichen Zuständen genutzt werden kann.
(HAB = Homöopathisches Arzneibuch / EAB = Europäisches Arzneibuch)

Gezielt ausgesuchte Zimmerpflanzen vermindern die Schadstoffbelastung im Raum, produzieren Sauerstoff und geben Wasser an die Raumluft ab, was besonders in der Heizperiode das Klima in einem Raum maßgeblich verbessert.

Im Garten

Wenn du einen Garten oder eine Terrasse besitzt, und du hast Kinder, dann trenne dich von allen noch so schönen, aber giftigen Gewächsen. Manche von ihnen haben ungesunde Ausdünstungen, man muss sie nicht einmal berühren, um den Schaden zu haben. Sensible Kinder und Erwachsene können Augenreizungen, Haut- und Atmungsbeschwerden bekommen, allein durch die Anwesenheit einer Pflanze, das sollte man wissen.
Der vielgeliebte Oleander ist für kleine Kinder kein geeigneter Pflanzenschmuck!
Die Engelstrompete, Eisenhut, die Herbstzeitlose, die Eibe sind ebenso eine Gefahr für ein Kind, wie die meisten Pflanzenschutz- und Schädlingsbekämpfungsmittel.

Im Kinderzimmer

In Kinderzimmern sollten keine fix eingebauten Möbel stehen.
Kinder wollen ihr Reich gestalten können. Weil sie im Laufe der Jahre ihre Bedürfnisse auf vielen Ebenen verändern, müssen die Möbel dabei möglichst mithalten.
Schreibtisch, Bett und Spielecke dürfen verrückt werden - nach dem individuellen EIGEN - SINN! So macht leben Spaß!
Beim Bett- und Arbeitsplatz ist die einzige vorgegebene Grenze ein bewusst störungsfreier Platz,

der eingehalten werden sollte. Bei einem Einzelbett (8o/2oo) ergeben sich im Normalfall aber auch in Anbetracht dessen viele zufriedenstellende Varianten.
Im Kinderzimmer dürfen der Geschmack und die Vorliebe eines Kindes erkennbar sein. Ungewöhnliche Spielideen großflächig am Boden ausgebreitet, Bauten verschiedenster Größen und Formen, Unordnung über Tage, - wenn in diesem Zimmer der individuelle Geschmack des Kindes respektiert und ermöglicht wird, dann wachsen Kinder auch in Bedürfnisse, wie: nun räume ich auf - von ganz alleine hinein. Im Kinderzimmer darf auch das Ordungskonzept vom Kind kommen, wir Eltern sollten ihnen durch ausreichende Möbelstücke mit genügend Schubladen und Fächern die Möglichkeit dazu von vorne herein sichern. Meistens sind die Zimmer zu überladen. Überhaupt wenn schon ältere Kinder da sind, und den jüngeren dadurch ein Angebot entsteht - einem kleinen Spielegeschäft entsprechend.
Von Zeit zu Zeit ausmustern! Die Kinder entscheiden, wovon sie sich ehrlich trennen wollen, nachdem wir Erwachsene sie dafür sensibel gemacht haben. Entscheidet sich das Kind nach reiflicher Überlegung, den alten Teddybären herzugeben, dann sollte das Herz von Mama nicht bluten und sie sollte ihn nicht zurückhalten, weil doch so viele Erinnerungen daran hängen, und es besser wäre, wenn das Kind doch von einem anderen Kuscheltier Abschied nehmen würde.

Wenn man sich erkundigt, erfährt man von genug Stellen, die für notleidende und bedürftige Kinder und Familien passende Kleidung und Spielsachen sammeln. Ein guter und wichtiger Grund zu geben, was man übrig hat. Kinder geben sehr gerne weiter, wenn sie wissen, dass jemand anderer, dem es nicht so gut geht wie uns selbst, damit eine große Freude haben wird.

Auch wir Erwachsene sollten regelmäßig ausmustern. Wenn Altes geht, hat Neues wieder Platz - das kann man auf verschiedenen Ebenen auslegen.

ENERGIEARBEIT
„Die KUSCHELHÖHLE": für unsere Kleinen

„Magst du vielleicht in meine Höhle schlüpfen?"
Mach es dir mit deinem Kind irgendwo gemütlich, auf der Couch, im Bett, - wo immer ihr euch beide wohlfühlt.
„Mit den Handflächen mache ich eine warme Höhle für dich! In der Höhle ist es so gemütlich und du bist darin ganz sicher! Hier kann dir nichts passieren, keiner stört dich und es ist ALLES in Ordnung!"
Das Kind schlüpft mit einer oder mit beiden Händen in die Handhöhle der Mutter und lässt sich Zeit zum Verweilen.
Du kannst dein Kind fragen, ob es sich wohlfühlt und vielleicht möchte es dir erzählen, welche Gefühle und Empfindungen es hat.
Wenn dein Kind noch ein bisschen zappelig ist, dann streife die zappelige Energie von seinen Armen ab. Du kannst an der Schulterseite beginnen und mit deinen Händen sanft, aber bestimmt die überschüssige Energie bis über die Fingerspitzen hinaus - ausstreifen. Begleite dein Tun auch aktiv mit deinen Gedanken und wenn du möchtest auch mit deinen Worten. (dein Kind soll ja genau Wissen, was du gerade tust).
Diese Kuschelhöhle soll dem Kind viel Geborgenheit vermitteln. Wärme, Ruhe, liebevolle Zuwendung und gute Gedanken beinhaltet sie. Biete diese Übung nur an, wenn du selbst wirklich loslassen möchtest vom Trubel des Tages um ganz im Hier und Jetzt für dein Kind und Dich dazusein. Bist du sehr unruhig, gönne dir zuerst selbst et-

was Gutes um wieder in eine angenehme Balance zu kommen.

Bevor du mit Energiearbeit beginnst, reibe deine Handflächen kräftig aneinander, so erwärmst du deine Hände und steigerst das Energiepotential!

Fingerspiel für unsere Jüngsten zum Gewöhnen von Energiearbeit an Händen und Füßen

Der Klassiker: Das ist der Daumen,
der schüttelt die Pflaumen,
der hebt sie auf,
der trägt sie nach Haus',
und der kleine Wuzi – Wuzi
isst sie alle auf!

Dieses Fingerspiel lieben die Kinder. Nimm auch die Zehen zum Spiel, damit sich dein Kind an ausgeführte Bewegungen eines Zweiten an seinen Zehen und Füßen gewöhnen kann. Manche Kinder sind kitzelig, aber nach einiger Zeit genießen sie die „Arbeit" an den Füßen sehr.

Wenn du Lust verspürst, deine Hände künftig mehr für energievolles, liebevolles Tun einzusetzen, dann bedenke: alles was du tust, kannst du durch positive Gedanken noch verstärken! Reibe deine Handflächen kräftig aneinander - so erwärmst du deine Hände und steigerst das Energiepotential! Nimm dir Zeit ohne Ablenkungen und Störungen von Außen, denn diese Augenblicke sind kostbar!

Eine wunderschöne LICHTMEDITATION für Kleine und Große:

Setze dich mit deinem Kind in einen Raum, in dem ihr euch beide besonders wohlfühlt. Vergewissere dich, dass euch für ein paar Minuten niemand stören kann, schalte dein Handy aus, reagiere auf kein Türklingeln und kein Telefon.
Setzt euch beide entspannt auf den Boden, vielleicht auf ein Sitzkissen, oder auf ein bequemes Bett. Der Schneidersitz ist gut, da sitzt man wie ein richtiger Jogi!
Die Wirbelsäule ist ganz gerade gerichtet, es verdeutlicht eine selbstbewusste, würdevolle Haltung. Wir konzentrieren uns auf unseren Atem, wir werden ruhig und spüren in den momentanen Zustand hinein. Unser Körper ist vollkommen entspannt: Die Schultern sind entspannt, die Arme liegen locker im Schoß, die Schultern sind locker, die Augenlieder schließe ich sanft, die Zunge ist locker und entspannt, die Stirn wird ganz glatt. Der Bauch atmet ruhig und langsam, die Beine und Zehen entspannen sich, der Popo ist ganz locker. So verweilen wir einen genussvollen Augenblick in Stille.
Wenn Entspannungsübungen und Meditation für dich und dein Kind etwas Neues sind, dann ist es wichtig, dass du die Körperabschnitte alle nacheinander hörbar aussprichst, damit du deinem Kind dabei helfen kannst, auf keinen Körperteil zu vergessen und sich wirklich vollkommen entspannen und entkrampfen kann.

Nun ist die Ausgangsposition perfekt. Und ich spreche langsam und bedacht laut vor:

„Ich begebe mich in ein Ei aus weißem (göttlichen)Licht und nehme die Hülle, die mich schützend umgibt, mit meinen Sinnen wahr. (Pause). Rund um mich ist überall das warme, weiße Licht. (Pause). Ich atme ruhig ein und aus und atme ruhig ein und aus.
UND ICH SAGE - ICH BIN im LICHT!"
(nun verweile ich wieder eine gewisse Zeit in vollkommener Ruhe).

„Das weiße Licht durchströmt jetzt meinen ganzen Körper in angenehmster Weise und ich spüre es überall, in jeder Zelle. (Pause). Ich atme ruhig ein und aus und atme ruhig ein und aus.
UND ICH SAGE - ICH bin LICHT!"
(nun verweile ich wieder eine gewisse Zeit in vollkommener Ruhe).

„Ich atme das weiße Licht tief ein und aus und atme es noch einmal tief ein und aus. (Pause). Nun bin ich gestärkt und komme aus dem Ei wieder zurück in diesen Raum. (Pause). Ich sitze hier in diesem Zimmer und bedanke mich für das wunderbare weiße Licht, dass mich nun vollkommen durchströmt.
UND ICH SAGE - DANKE!"

Langsam öffnen wir wieder die Augen, blicken der Welt gestärkt entgegen und tragen ein wundervolles Erlebnis, ein kleines Fünkchen mehr Gottverbundenheit, in uns.

Ich bin überzeugt davon, dass unser GEIST, unsere GEDANKEN, uns Menschen sehr prägen.

Wir sollten unseren Gedankenströmen ganz besonders viel Aufmerksamkeit widmen und ausmisten, wo es nur geht.
Begeistere dich für etwas in deinem Leben, das dir dauerhaft und ausgiebig Ruhe und Gelassenheit bringt. Auf den langersehnten Urlaub zu warten, ist zu wenig!

Finde mit deinen eigenen Worten Kontakt zu Gott, wenn du keiner Gemeinschaft aktiv angehörst. Es gibt da etwas oder jemand, oder eine Kraft, wie immer du willst-
die hilft dir beständig, wann immer du dich danach sehnst!!!

BUCHEMPFEHLUNGEN

Märchen, die den Kindern helfen, Ortner
SAI BABA spricht über Beziehungen 2
Auf der Suche nach dem verlorenen Glück, Liedloff
Leben mit einem Neugeborenen, B. Sichtermann

Das LOLA-PRINZIP, Rene' Egli
Kräutermärchen, Folke Tegetthof
Neues von den Störenfrieds, Amelie Fried (etwas Heiteres)
Wenn Liebe allein den Kindern nicht hilft, Th. Schäfer
Blüten als Chance und Hilfe, Ilse Maly
Krankheit als Weg, Dethlefsen
Kinderkrankheiten natürlich behandeln, Dr. med. M. Stellmann
Homöopathische Selbstbehandlung im Alltag, Urs Schrag
Mineralstoffe nach Dr. Schüssler, Kellenberger/Kopsche
Der kleine Doktor, Alfred Vogel
Gesundheit aus der Apotheke Gottes, Maria Treben
Wasser und Salz- Urquell des Lebens, Dr. med. B. Hendel/ P. Ferreira
Mittel zum Leben, Klaus-Dieter Nassall
Allergie, Hilfeschrei der Seele, Klaus-Dieter Nassall
Reflexzonenarbeit am Fuß, Hanne Marquardt
Reflexzonentherapie an Hand und Fuß, Crista Muth
Reflexzonenmassage an der Hand, E. Kliegel
Sanfte Hände, Fre'de'rick Leboyer

Gesund durch Berühren, J.F. Thie
4 Blutgruppen, Dr. Adamo/C. Whitney
Die Macht der eigenen Hormone, Dr. Klentze

Das Wunder im Kern der Grapefruit, Sharamon/ Baginski
Sie sind nicht krank, sie sind durstig, Dr. med. Fereydoon Batmanghelidj
Fit durch Vitamine, Klaus Oberbeil
Die inneren Fesseln sprengen, Phyllis Kristal
Traumfänger, Marlo Morgan
Erziehung zum Sein, Rebeca Wild
„Koreanische Handmassage", G. Stefan Georgieff
Vonarburgs Gewürzkräuter Kompaß , GU
Küchenkräuter selbst gezogen, Helga Fritzsche
Jin Shin Jyutsu, Dr. Ilse-Maria Fahrnow
"Du gehörst zu uns!" Franke- Gricksch

Wie Partnerschaft gelingt, Hans Jellouschek
Erstgeborene, Irina Prekop
Kinder sind Gäste, die nach dem Weg fragen, Prekop/ Schweizer
Kinder sind anders, Maria Montessori
Wozu erziehen?, Rotthaus
Wenn ihr wüsstet, wie ich euch liebe, Prekop/ Hellinger
Kinder fordern uns heraus, Dreikurs/Soltz
Die Wahrheit beginnt zu zweit, Moeller
Das Verschwinden der Kindheit, Postman
Archetypen, C.G. Jung
Vom Sinn der Angst, Verena Kast
Gestalttherapie, Perls
Engel für das Leben, Anselm Grün
Das kleine Buch der Seele, Carlson/Shield
Die Fünf Tibeter, P. Kelder

Herzenstüren öffnen, E. Caddy
In Harmonie mit dem Unendlichen, R.W. Trine
Die Sprache der Seele verstehen - die Wüstenväter als Therapeuten, Dr. Hell
Werde was du bist, Dr. Piero Ferrucci
Was alle Welt sucht (ein Lebensbuch), R. W. Trine

Buddhistische Literatur:
Herzensunterweisungen eines Mahamudra - Meisters,Gendün Rinpoche
Die Kunst des glücklichen Lebens, Thich Nhat Hanh
Ich pflanze ein Lächeln, Thich Nhat Hanh
Der Friede beginnt in dir, Dalai Lama

Autobiographie eines Yogi, G. Riemann

Schlusswort:

Meine Mutter hat sich seit ich mich erinnern kann, für alle möglichen Gesundheitsfragen und neue Behandlungswege interessiert. Schon als Kind bekam ich ab und zu Nahrungsergänzungen wie Kieselerde oder natürliche Vitamin B Produkte, wie Bierhefe zum Beispiel. Frisches Obst und Gemüse aus dem eigenen Garten - ungespritzt, versteht sich - stand bei uns regelmäßig auf dem Speiseplan.
Meine Kindheit und Jugend verbrachte ich am Land, sehr gerne im Wald beim Schwammerl- Beeren- und Heilkräuter suchen, oder im Garten auf Kirschen- Apfel- und Zwetschkenbäumen. Ich war ein Kind mit einem großen Bewegungsdrang (- meine Volksschullehrerein nannte mich einmal: „Quecksilber",) - und einer großen Liebe im Herzen zur Natur. Ich konnte Stunden alleine im Garten verbringen, ohne dass es mir langweilig wurde. Der säuselnde Wind, die sonderbare Stimmung am Himmel, die gute Luft, die ich schon als Kind zu schätzen wusste, die Tiere und vieles mehr, waren mir über Jahre eine intensive Sinneserfahrung.
Im Herbst half ich meinen Eltern beim Umstechen der Beete, im Frühling beim Verteilen der Komposterde. Der Kreislauf der Jahreszeiten und des Lebens wurde für mich durch viel praktischen Bezug ganz klar deutlich.
Meine Mutter ist in ihrer obersteirischen Heimat als Schwammerlexpertin schon gut bekannt, vielen jungen Müttern hat sie im Laufe der Jahre gezeigt, dass es mehr essbare Pilze im Wald zu finden gibt, als sie es bis dahin für möglich gehal-

ten haben. Im Spätsommer und Herbst zaubert sie geradezu himmlische Schwammerlgerichte auf den Tisch.
So manche Gruppe interessierter Frauen führt meine Mutter im Frühling auf die umliegenden Wiesen, um ihnen vor Ort zu zeigen, was die Natur uns für Suppenkräuter an Schätzen zu bieten hat. Gemeinsam wird danach in fröhlicher Runde gekocht und gegessen und in Erinnerung bleibt danach nicht nur der schöne Ausflug, sondern die vielen gesunden Kräutlein, die so manch Heilsames in sich haben. Ja, so schön kann das Leben auf dem Land sein.
Kommt uns meine Mutter besuchen, ist es so, dass sie üblicherweise immer auch irgendeinen aktuellen Artikel über Gesundheit in ihrer Tasche hat, denn sie sammelt diese Unterlagen gerne für mich.
So wuchs ich in einer gesunden Umgebung in einem stabilen Familienverband auf und entwickelte schon relativ früh großes Interesse an Familie und Kindern. Als Kindergärtnerin konnte ich meine Liebe und Zuwendung vielen Kindern schenken und trage einige ganz besondere Erinnerungen aus dieser Zeit in mir.
Mein ganzes Herz ist aber erst zur vollen Blüte gekommen, als ich selbst Mutter wurde. Das war meine wahre Erfüllung. Ich bin aus tiefer Überzeugung MUTTER, gepaart mit einem sich entwickelnden Eigen - SINN. Im Mutter und Hausfrau sein fand ich meine Berufung und ich fühle mich ausgefüllt mit meiner häuslichen und mütterlichen Arbeit. Je älter meine Kinder werden, desto mehr Zeit bleibt mir zu meiner freien Verfügung und ich kann mich wieder vermehrt meinen Lieblingsbe-

schäftigungen, wie lesen und Bücher schreiben, widmen.

Auch ich habe mit den kleinen und großen Sorgen im Leben zu tun. Sosehr eine Familie auch Kraft von einer Mutter verschlingt, sosehr wird dieses Geben immer wieder reichlich in unterschiedlichster Form ausgeglichen. Ich weiß, dass ich zwei ganz besondere Kraftquellen in meinem Leben habe. Zum einen ist das meine Familie selbst, mein Nest, mein zu hause, - zum anderen ist es meine starke Verbindung zu Gott. Ich baue auf die Kraft des Gebetes, verbinde mich bewusst und regelmäßig durch Meditation mit der Kraft Gottes (in meinem speziellen Fall mit Einbeziehung der Erkenntnisse und der Weisheit von Buddha) und übe, meine guten Eigenschaften zu fördern und die weniger guten zu wandeln.

Eine liebe alte Dame sagte einmal zu mir: „Wir sind ALLE Rohdiamanten, die erst durch das Leben selbst in seine volle Pracht und Schönheit geschliffen werden".

So, du lieber Rohdiamant, nun wünsche ich dir von ganzem Herzen das Allerbeste auf deinem Lebensweg! Viel Licht und Liebe möge dein ständiger Begleiter sein!

Danke

Ich möchte gerne einigen Menschen danken, die mein Leben und somit auch die Entstehung dieses Buches, überaus positiv und auf vielfältigste Art und Weise bereichert haben. In erster Linie danke ich meiner lieben Familie, meinen großartigen Kindern Petra, Lisa, Manuel und Chiara, ich bin so dankbar, dass ich eure Mutter sein darf. Ich danke meinem Mann und Lebensmensch Werner, mit dem ich über anspruchsvolle Themen diskutieren und philosophieren kann - weil er mir gerne und aufmerksam zuhört und mir neue Denkimpulse liefert.

Ich danke meiner „Lebensberaterin" Gerda Appel, sie hat mit ihren 74 Jahren eine große Weisheit erlangt, die mir über viele wertvolle Jahre hindurch ein großes Vergnügen am Zuhören bereitet hat. Ihre christliche Lebensweise inspiriert mich dauerhaft.

Weiters danke ich meiner lieben Freundin Ilse Gober, die es auf fast magische Art und Weise zustande bringt, immer das Gute in mir zu wecken. Ihr systemisches Denken und Arbeiten in großer Klarheit vermittelt mir sehr sinnvolle - und zu meiner großen Freude auch kinderleicht auszuführende Übungsanregungen - die ich sofort sehr einfach in die Praxis umsetzen kann. (Ilse ist Lebens- und Sozialberaterin). Einfache Übungen sind mir die liebsten, weil ich sie mir leicht merken, und auch beinahe überall ausführen kann.

Für dieses Buch wünsche ich mir sehr, dass es mir gelungen sein möge, auch viele einfache Anwendungen zu vermitteln.

Zum Abschluß möchte ich noch einige wichtige Freunde erwähnen, die in meinem Leben eine wichtige Rolle spielen: Karin u. Erwin Tausch-Tafeit, Hermi Robausch, Uschi u. Baal Gessl, Roswitha u. Wolfi Fuchs, Susi Gaulhofer, Barbara Schratz, Maria Wohlesser, Maike Wittmann, Andrea Wallin, Lama Ole Nydahl, Halima, Ilse Kremsner, Uschi Appoloner, Elfi u. Werner Handlos, meine Tante Dodo. Ihr alle seid in guten und in schlechten Zeiten für mich da (gewesen), ich danke euch von ganzem Herzen für eure treue Freundschaft.

Ich danke dir, meine leibe Mama, für dein stetes Bemühen um ein angenehmes Familienleben. Viele hilfreiche Anwendungen für einen gesunden und kranken Körper habe ich von dir gelernt, und vielleicht hast ja sogar du mein großes Interesse an Gesundheit überhaupt erst geweckt.

Obwohl mein lieber Vater nicht mehr am Leben ist, ist es mir ein großes Bedürfnis, auch ihn in diesem Zusammenhang zu erwähnen. Er durchlebte bitterste Kriegsjahre und hat sich trotz dieser furchtbaren Erfahrungen reichlich durch Optimismus, Humor und Freundlichkeit ausgezeichnet. Er war und ist ein Beispiel dafür, dass die schlimmsten Ereignisse in einem Leben nicht unbedingt dafür verantwortlich sein müssen, wie fröhlich oder betrübt ein Menschenleben durch gewisse Erfahrungen sein muss. Die **richtige Einstellung**, gepaart mit Disziplin lässt Erlebtes, und wenn es auch noch so schwer war, nicht die Macht über sich gewinnen.